棟居刑事の「人間の海」

森村誠一

角川文庫
13120

目次

オアシスの勇士

1

宵の口から降り始めた雨脚が、夜が更けるにつれてますます濃密になった。

東京の路上を埋め尽くした車の洪水も、夜が進むにつれて引いてきた。裏通りには車の間隔が開き、時折通り過ぎる車のヘッドライトが、密度の濃い雨脚を切り裂いた。

濡《ぬ》れた路面にライトが吸収されて、ドライバーの視野は極端に悪くなる。

遠方には林立する超高層ビルの窓の灯が、頂上付近を雲に隠して柔らかく烟《けむ》っている。

夜の闇は大都会の醜悪なものをすべて隠してくれるが、夜気に潜む凶悪な気配までは隠し切れない。

だが、適度な雨はその気配までも柔らかく中和するようである。

人間の海とも言うべき大都会を、夜の闇と雨が二重に塗り込めて、都会の日常の中に繰り広げられている生存競争も、いまは一種の休戦状態にあるように見える。

だが、それは視覚的な錯覚にすぎず、むしろ闇の奥、雨の底で凶悪なものが犇《ひし》めき、蠢《うごめ》いているのである。

東京の路上の一角でその夜、その事件は発生した。

加害者は被害者に凶器を振るった。被害者は生命《いのち》に関わる重傷を負いながらも、わずかに行動能力を残して必死に逃れようとした。

犯行現場から路上によろめき出た被害者は、通行車に救いを求めようとした。

だが、時折通過する車は、被害者を酔漢と見たのか、あるいは関わり合いになるのを恐れたのか、一顧だにせず走り去って行った。

加害者は路上中央で被害者に追いつきそうになった。

絶体絶命の窮地に追いつめられた被害者の絶望的な視野に、カーブをまわって突然姿を現わした疾走して来るヘッドライトが映った。

ヘッドライトは被害者と加害者をとらえた。加害者は追跡をあきらめて、ライトの射程外に姿を隠し、被害者は車体に接触する危険も恐れず、ヘッドライトの前に飛び出した。

加害者に止《とど》めを刺されるよりは車に轢《ひ》かれた方がましとおもったのか、いや、そんな思考力もすでに失われた本能的な行動であったかもしれない。

車は急ブレーキをかけ、タイヤが悲鳴のように路面を嚙《か》んだ。

車は際どいところで停まったが、前部バンパーがわずかに被害者の身体に触れた。被害者はその接触の軽い衝撃に耐えられず、路面に倒れた。

車はしばらく停止したままであった。ちょうど通行車も通行人も絶えている。ドライバーは被害者との接触による衝撃そのものよりも、自分が被害者のダメージの直接の原因になったとおもい込んで、ショックを受けたらしい。

ドライバーはようやく車外に出て、路面に倒れている被害者を見た。ライトに照らし出された被害者の身体から、赤い粘液が流れ出し、雨に濡れた路面に拡散していく。

ドライバーはそれが自分が被害者にあたえたダメージから発していると信じた。ドライバーは動転していたが、被害者をその場に放置して逃げ去るようなことはしなかった。被害者にはまだ虫の息があった。

自ら被害者の血にまみれ雨に濡れながら、被害者の身体を抱え起こして、車の中に運び込んだ。被害者の身体を収容した車は、そのまま走り去った。

その間、通行車も通行人もなく、それを目撃していたものは、夜と雨と直接の加害者だけであった。

五月十二日午前一時ごろ、渋谷《しぶや》区西原《にしはら》の村井病院に乗りつけて来た車の若い女性ドライバーが、路上に倒れていたと言って、一人の女性を担ぎ込んだ。

村井病院では早速、その女性に救急手当てを加えたが、女性は鋭利な刃物で胸部および腹部を刺されており、手当ての甲斐《かい》もなく、出血多量で死亡した。

病院では彼女を担ぎ込んで来たドライバーから事情を聴こうとしたが、そのときすでにドライバーは姿を晦《くら》ましていた。

たまたまその患者を受けつけた宿直の看護婦が新人であり、動転して患者に注意を集めている間に、ドライバーが消えてしまったのである。

死亡した女性患者の身許《みもと》も不明である。村井病院では死因に犯罪性ありと判断して、警察へ届け出た。

死体は異常死体（犯罪死体）とされて、検視の対象となった。

検視によって、死因は先端の鋭利な刃物による心臓部の損傷（心室刺創）による心臓機能の不全、および上腸間膜動脈損傷による膜腔内《まくくうない》出血。

死亡時間は、村井病院によって午前一時二十五分と判定されている。

死体はさらに司法解剖に付され、検視の第一所見が裏づけられた。

事件は殺人事件とされ、代々木《よよぎ》署に捜査本部が開設された。

警視庁捜査一課から那須《なす》班が捜査本部に参加した。

事件の鍵《かぎ》を握るのは、被害者を村井病院に担ぎ込んだドライバーである。

捜査本部はこのドライバーが事件に深く関わっているとみて、被害者の身許捜査と並行して、その行方を探した。

捜査の第一歩は、被害者の身許割り出しから立ち上がる。

被害者は身許を示すようなものをなにも身に付けていなかった。

被害者はブランドものの高価なスーツにプラチナのネックチェーン、腕時計、イタリア製の靴など、いずれも高価な品を身に付けていたが、身許を示す手がかりにはならなかった。

「被害者は明らかに外出姿であるのに、所持金もなければハンドバッグを持っていないのもおかしい」

捜査会議ではまずその点が問題になった。

「犯人がバッグや所持金を奪ったのではないのか」

「物盗《と》り目的の犯行であれば、なぜ被害者を病院へ運んで来たのか」

「犯人としては金品が目的であって、被害者を殺す意志はなかったかもしれない。被害者が抵抗したためにうろたえて殺してしまったが、犯人としては被害者の生命を救いたかった。

そこで犯行後、被害者を病院へ運んだのではないだろうか」

「それは犯人にとって危険すぎる。被害者を病院へ担ぎ込んだ若い女性は、病院側に姿を見られている。彼女がもし犯人であれば、そんな危険は決して冒さなかったはずだ」

「もしかしたら、被害者を病院へ担ぎ込んだのは犯人以外の人間ではないでしょうか」

那須班の棟居《むねすえ》が新たな意見を述べた。会議の列席者の視線が彼に集まった。

「被害者が犯人に襲われた後、たまたま第三者が現場を通りかかったとします。第三者は被害者を見過ごすことができず、病院へ運んだという想定です」

「もしそうだとしたら、その第三者はなぜ素性を明らかにしないで消えてしまったのかね」

山路《やまじ》が問うた。

「被害者を病院へ運んだものの、第三者は面倒な事件に関わり合いたくなかったのではないでしょうか」

「関わり合いたくないのなら、最初から放置したのではないのかね」

「関わり合いたくなくても、放置はできないということもあるでしょう」

「だったら、自ら病院へ運ばずとも、救急車を呼べばすむことだ」

「近くに電話がなかったのではありませんか」

「病院まで運んで来るくらいなら、途中に電話を探す方が早い」

山路の反駁《はんばく》はあっても、被害者を第三者が病院へ運んだという棟居説は新たな見方であった。

もし第三者が被害者を運んで来たのであれば、第三者は犯行の場面、あるいは犯人の姿を目撃しているかもしれない。

被害者を村井病院まで運んで来た若い女の行方は、依然として不明であった。

2

松江《まつえ》勇作《ゆうさく》は見台の前にうずくまって、夜風に吹かれていた。今夜は店開きをしてから、まだ一人も客が来ない。

その日によって、面白いように客が来る夜と、今夜のようにまさに門前雀羅《もんぜんじゃくら》を張るようなときとある。

見台の前に人間の運命はもとより、森羅万象、すべてを見通すようなもっともらしい顔をして座っていても、松江自身が占いというものを信じていない。

要するに、当たるも八卦《はっけ》、当たらぬも八卦である。

占いは信仰にも一脈通ずるところがある。客が当たると信じて占ってもらえば当たるし、信じていなければ当たらない。占いとはその程度のものである。

松江の見台の前に座って占ってもらう客は、人生のなんらかの悩みを抱えている。

困ったときの神頼みで、行きづまった自分の人生に、せめて占いによって新たな窓や出口を模索しているのである。

見料は手相五千円、姓名鑑定五千円、総合運勢鑑定一万円。決して安くはない。

これだけの見料を支払って運勢を観てもらおうとする客は、どうせ当たらぬと、面白半分の者は少ない。

たかが占いと割り切っているように見せかけている客も、悪い卦が出ると不機嫌になる。たかが占いではあっても、気にしている証拠である。

松江は見台の前に座って半年、人間のさまざまな悩みに直面してきた。

見台の前を通り過ぎる人間は、彼となんの縁もない赤の他人である。

彼らが松江の見台の前に座ったとき、松江は彼らの人生を覗《のぞ》き込む。袖《そで》振《ふ》り合うも多生の縁と言うが、易者の前に座る客は、彼らの人生を易者にさらけ出す。

目の前を通り過ぎて行く無縁の他人である間は、彼らは一見、なんの悩みもなく、幸福な人生を過ごしているように見える。

だが、見台の前に座ったとき、人間とはなんと悩み多き動物であろうと、つくづくおもい知らされる。

本人、あるいは家族の病気、破産、縁談、結婚、離婚、失恋、性、不倫、進学、就職、宗教、人間関係、業績、相隣（隣人）関係、転勤、配置転換、左遷、更迭、家庭不和、家庭内暴力、子供の不良化、いじめ、尋ね人、探し物等々、まさに人生の悩みのオンパレードの観があった。

客は単に運勢を占ってもらうだけではなく、運勢を通して易者に人生相談を求めていた。医者や弁護士は、職務上知った患者や依頼人の秘密を守らなければならない法律的な守秘義務がある。易者にはそのような義務はない。

だが、易者も医者や弁護士に勝るとも劣らない客の秘密を知っている。医者が知った秘密は医学や医事、弁護士は法律的な枠があるであろうが、易者が受ける人生相談はまさに人生の全範囲に及ぶ。

松江自身が自分の人生をだれかに相談したいくらいであるが、易者の衣装を着けて見台に向かって座っていれば、客の相談を断るわけにはいかない。

そのことによって生計を立てているのである。

松江のもっともらしい、かなりいいかげんな占いと解説と忠告に、客は満足した表情で帰って行く。

彼らのうちのごく一部が、後日、松江の易が当たり、運勢が好転したと礼を言って来ることがある。当たらなかった客が文句を言って来ることはない。

彼の卦が当たったと礼を言われるときは、やはり嬉《うれ》しい。

松江はおおむね定位置に見台を出しているが、時には場所を替える。場所によって客層も異なり、相談の内容も変わってくるようである。

銀座は仕事や失恋、人間関係などの相談が多く、渋谷は恋愛、就職、進学、新宿は尋ね人、就職、家庭不和、上野は家族の安否や就職、経済問題などの相談が主流である。

松江勇作は初めから易者を職業としていたわけではない。

易者になる前は大手デパートの重役までいった。

社長の知遇を得て、最年少で重役入りをした。エリートのロイヤルルートとされる大阪支店長として赴任中、社長が急逝した。

折悪しく前後して、店内から出火した。幸い小火《ぼや》で消し止め、大事に至らなかったが、これが経歴の汚点となった。

ライバルに先を越され、海外支店に左遷された。

妻は海外に同行するのを渋った。

二年間の単身赴任の後、帰国して来たときは社内派閥地図は完全に塗り替えられていた。

追い打ちをかけるように、妻が離婚を申し出た。松江の海外赴任中、男ができたのである。

松江は妻と離婚すると同時に退社した。

エリートコースからこぼれ落ちて、自分の人生が見えてきたような気がした。

これまでがむしゃらに会社のために働いてきた半生が、ひどく虚《むな》しくおもえた。

このままエリートコースを驀進《ばくしん》して、会社の頂点に登りつめたところで、それが果たしてなんだというのか。

一社の頂上に登りつめたところで、それだけのことではないか。そんなもののために競争者の足を引っぱり、払いのけ、蹴落《けお》とし、繰り返しのきかない人生を走り通してきた。

これまでの半生、松江の目は仕事だけを見つめていた。もしその目を少しでも妻の方へ向けていれば、彼女はべつの男に走らなかったかもしれない。

二人いる子供はすでに独立している。妻に去られて、ある意味ではまったく荷物がなくなった。松江は身軽になったのを契機に、新たな人生を生きてみようとおもった。

これまでの人生は、会社という枠の中に閉じ込められていた。会社の枠を取り払い、残された人生を自由の大海の中で泳いでみたい。

そこには出世競争や派閥抗争もなく、複雑な人間関係に煩わされることもない。自分の好きなように生きられる。

出勤時間に縛られることもなく、起きたいときに起き、寝たいときに寝る。飢えて死ぬのも自由である。

そういう生き方を以前は軽蔑《けいべつ》していた。自由の大海を泳ぐのではなく、繋留《けいりゅう》地を失った破船が漂流しているだけにすぎないとおもっていた。

だが、これまで社奴として会社の鎖につながれていた身分を捨てて、いかに自分の視野が狭く閉ざされていたかを痛感した。

会社の鎖を断ち切って、初めて世界の広さを認識し、これまでの半生を見つめ直した。

学生時代に易研究会に入っていたのが幸いした。

街の一角に見台を立てて、易者らしい顔をしてうずくまっていると、客が立ち止まった。これまでの貯《たくわ》えのおかげで、会社を辞めても今日明日の生活に窮するということはなかったが、見台から覗くさまざまな人間の人生が面白かった。

都会は人間の海であり、見台は人生を覗くプリズムになった。

デパートにいては決して覗くことのできないさまざまな人生の断面である。

易者の営業時間はおおむね夜である。昼間の明るい光の下では運勢を占ってもらおうという気分にはならないらしい。

見台を通して見る都会の夜景は美しい。超高層ビルの窓に灯火が競い、多彩な電飾が都会の夜を彩る。

都会の醜悪な部分は夜の闇に隠され、コンクリートの砂漠のような荒涼たる光景は、紫色の夜気の中にマイルドに中和される。人間の顔も昼間よりは刺々《とげとげ》しさを失うように見える。

昼間には聞こえない人生のため息が、夜が更けると共に濃くなってくる。社奴時代には決して聞こえなかったため息である。

松江はいまの生き方に満足していた。会社という鉄筋の畜舎の中で飼い殺しにされるよりも、たとえ野垂れ死にしても、自由の海の中で泳いでいる方がいい。

漂流でも社奴の鎖につながれているよりはましである。

会社勤め二十数年にして退社した松江は、離婚後、これまで住んでいたマンションを妻にあたえて、ある私鉄沿線の「梁山荘《りょうざん》」というアパートに移転した。

消防署から立ち退き勧告されるような老朽アパートであるが、松江はいまどきの東京では文化財物のような古格のある建物から、都会のオアシスのような安らぎをおぼえた。古いながらも、各部屋に小さな流しとトイレットが付いていることも気に入った。六畳と三畳構成、廊下は鶯《うぐいす》張りで、昼でも薄暗い。アパートの周りにヤツデの木があって、窓に青い影を落としている。

陽当たりもよくない。なんとなく江戸時代の棟割り長屋を連想させるが、都会の吹き溜《だ》まりの中に寄り添った住人たちの人肌の温《ぬく》もりがあるように感じられた。入居してみて、松江は自分の直感が正しかったことを悟った。入居者はいずれも一風変わった連中であった。

二階建て上下二十室あったが、古参の入居者は六人である。住人から弁慶と呼ばれている元プロレスラー大木《おおき》慶《けい》、元大学教授で作家の大町半月《おおまちはんげつ》、元警視庁の鬼刑事だったという近藤平一《こんどうへいいち》、露天商の富田《とみた》銀平《ぎんぺい》、医者の藪原玄庵《やぶはらげんあん》、AV女優の春田《はるた》弥生《やよい》である。

いずれも過去になにかいわくがありそうな、一癖も二癖もある連中であった。

松江が入居の挨拶《あいさつ》に行ったとき、それぞれの対応が面白かった。

右隣りの藪原玄庵はちょっと口を開けろとか、あかんべえをしてみろとか言った後、

「おおむね健康のようだが、蛋白質《たんぱくしつ》が足りないようだ。寝る前にヨーグルトを食べなさい」

と勧告した。

大木は松江の全身をじろじろとねめまわして、

「少し歳はいっているが、鍛えればいい身体になりそうだ。どうだね、私のジムへ来てトレーニングをしてみないか」

と誘った。

「この歳でプロレスラーになるつもりはありません」

松江は苦笑して辞退した。

近藤平一は、松江が入居の挨拶をすると、

「失礼ながら、あなたの前職はホテルかデパートではありませんか」

と問い返した。

突然、前身を言い当てられて驚いた松江が、

「どうしてわかったのですか」

と問い返すと、

「言葉遣いの丁重さや人間を下から見る視覚《アングル》は、ホテルかデパートの人特有です。同じ客

商売でも、銀行員は貸し付ける金を握っているので、どこか慇懃無礼《いんぎんぶれい》なところがあります。水商売には卑しさがある。個人の商売は言葉が洗練されていません。きっと一流のホテルかデパートに勤めておられたのでしょう。立ち入ったことを申し上げますが、最近、独身になられたようですね」

松江はますます驚いた。

「そのお歳で、この裏長屋に一人で入居されるのは、ご家庭を清算されたと睨《にら》みました。シャツの襟が少し汚れ、手の爪が伸びています。折り目正しい態度や言葉遣いに比べてちぐはぐですね。生活環境とライフスタイルが急激に変わられたようです」

近藤にすべて言い当てられて、松江はただ驚いているばかりである。易者としてのお株を奪われた形であった。

大町半月はノックをすると、

「鍵《かぎ》はかかっていないから、勝手に入って来なさい」

と部屋の中から声がかかった。

おそるおそるドアを開けると、万年床に腹這《はらば》ったまま、なにかを書いている。

松江が入居の挨拶をすると、

「松江勇作……なかなかいい名前だの。いま書いている作品の主人公にぴったりじゃ。貴公の名前をいただくよ」

と言った。

富田銀平はそろばんでなにかを熱心に計算していた。松江が挨拶をしても、ほとんど顔も上げない。

藪原と大木は四十代、近藤は六十前後、大町は六十代後半とほぼ年齢《とし》の見当がついたが、富田はまったく年齢不詳である。

松江が挨拶をしてもひたすらそろばんに没頭しているので、タオルを置いて早々に部屋を出た。

最後に挨拶に行ったのが、左隣りの春田弥生である。何度ノックしても留守であったが、入居後一週間ほどして、ようやくドアが開かれた。

入居の挨拶をすると、

「新しいお隣りさんね。こちらこそよろしく。ちょうどいいわ。いまコーヒーを淹《い》れたところなの、召し上がっていらっしゃいな」

と愛想よく誘い入れた。

年齢は二十代半ばか、さすがAV女優らしく、全身に成熟した色気がまぶされている。

壁のスペースというスペースには、彼女の挑発的なヌード写真が貼りめぐらされ、松江は目のやり場に困った。

他の入居者の部屋がおよそ殺風景であったのに比べて、弥生の部屋は厚い絨毯《じゅうたん》が敷きつめられ、窓にはピンクの花柄カーテンがかかり、高価そうな家具が工夫された位置に置かれていて、いかにも居心地よさそうである。

室内には若い女の甘酸っぱい体臭に混じって、高雅なコーヒーの香りがこもっている。

弥生は人懐こい性格とみえて、初対面の松江を手を引くようにして誘い入れた。

弥生が振る舞ってくれたコーヒーの味に、松江は一驚した。専門店でもこれだけのコーヒーは出せない。

味、香り、こくといい、申し分ない。しかもカップが松江も名を知っているイギリス製の高級食器である。

食器棚にディスプレイされている食器は、いずれも名のあるメーカーの製品である。

松江がコーヒーを一喫した後、食器戸棚に目を向けていると、彼の視線に気づいた弥生が、

「私、食器が好きなんです。いい食器は見ているだけで心が和むわ」

「たとえまずいものでも、いい食器に入れると美味《おい》しくなります」

「あら、コーヒー、まずかったかしら」

「いいえ、そんな意味で言ったのではありません」

松江が慌てて言い訳すると、弥生はいたずらを含んだように笑って、

「私もそういう意味で言ったんじゃなくてよ。いい食器には、その食器にふさわしいもの

を入れるようになるの。コーヒーもそのカップにふさわしいものを淹れたつもりだけれど」

「最高です。最近、こんな美味しいコーヒーにありついたことはありません」

「まあ、お上手ね。でも、自信はあるのよ。あなたのコーヒーの召し上がり方を見ていると、かなりのコーヒー通であることがわかるわ」

「恐縮です」

「砂糖、ミルクの入れ方、召し上がる前後の様子、完璧《かんぺき》ね。もう一杯いかが」

「いただきます」

コーヒーによって初対面ながら打ち解けた感じになった。

「ところで、六勇士にもう会った？」

「ろくゆうし？」

「このアパートの古株をそう呼んでいるの。私も六勇士の一人に入っているんだけれど」

言われて、彼女の言う六勇士の意味がわかった。

「あなたで六勇士みなさんにご挨拶したことになります」

「みんな変わっている方で、驚いたでしょう」

「はい、少々面食らいました」

「右隣りのドクター・ヤブね、医者にしては名前が悪いけれど、あの人、凄《すご》い名医なのよ。

なんでも死にかけている人に交通事故の被害者の腎臓《じんぞう》を定まった手続を取らずに移植して、医師免許を取り上げられてしまったらしいの。ヤブさんがいるおかげで、このアパートの人たちは安心して身体を壊せるのよ」

「そんな凄い医者だったのですか」

松江は藪原と顔を合わせるなり、蛋白質が足りないと言われたことをおもいだした。

「弁慶にも会った？」

「あの元プロレスラーさんでしょう」

「あの人がいるおかげで、このアパートには地上げ屋やヤクザが寄りつかないのよ。元世界チャンピオンだったのが、最後の試合で相手の選手を殴り殺してしまってから、引退したんですって」

「元世界チャンピオンですか。凄い人がいるんですね」

「いまはもっぱら後進の育成に当たっているわ。あなたももしかしたらジムへ入るように勧められたんじゃないの。お歳にしてはなかなかいいお身体をしているから」

弥生は松江にちらりと流し目を送って、

「教授はどうだった？」

「教授というと、大町さんのことですか」

「どこかの大学教授をある日突然、一念発起して辞めると、小説を書き始めたの」

「お見うけしたところ、いいお歳のようですが」

「孫もいるのに、なんの罪もない奥さんを離婚して、身体一つで飛び出すと、ああして毎日、小説漬けになっているのよ。いまにノーベル賞を取るような作品を発表すると息巻いているわ」

「あの年齢で、社会的地位も家庭もすべてを捨てて小説家に転身を図るということは、凄いですね」

「私もきっと、大物作家になるとおもっているの。鬼刑事はどうだった？」

「近藤さんのことですね」

「ずばり当てられたでしょう」

「びっくりしました」

「私も男と寝て来た後は、必ず当てられてしまうの。近藤さんに見破られないようにシャワーを浴びて、においの残らないようにするんだけれど」

「シャワーを使った後はお湯のにおいが残りますよ」

「それも残らないように時間をおいているのよ。でも、近藤さんの目はごまかせないわ。さすがは悪人たちを震え上がらせた警視庁の鬼刑事ね」

「鬼刑事や世界チャンピオンのレスラーがいては、悪人は近寄れませんね」

「それだけじゃないのよ。仕立屋さんに会った」

「仕立屋?」

「富田さんよ。彼、スリの名人、仕立屋銀次の直系なんですって」

仕立屋銀次と言えば、明治時代、スリの大頭目として伝説的な人物である。

「銀平さんはね、いまは正業の露天商に勤《いそ》しんでいるけれど、先祖伝来の指を鈍くしないようにと、暇さえあればそろばんの練習をしているのよ」

「そろばんは指先の練習だったのですか」

「スリの命は指先の勘なんですって。その勘を鈍らせないために、ああやってそろばんを弾《はじ》いているのよ。スリが衰えてきたのも、電卓が登場したからなんですって」

「電卓とスリに関係があるとはおもいませんでした」

消息通の春田弥生のおかげで、入居者の輪郭がわかった。

だが、弥生は自分自身についてはなにも語らなかった。

室内にピンナップされているヌードポスターが噂を裏づけてはいるが、六勇士の情報の中で、彼女に関する情報がもっとも不足していた。

六勇士とは「梁山荘」の住人が名づけたものであろうから、春田弥生もその一人に相応するだけのいわくつきの勇士にちがいない。

梁山荘はおそらく梁山泊にちなんだ名前だとおもうが、たしかにその名にふさわしい一風変わった入居者の顔ぶれである。

松江は梁山荘の暮らしが気に入った。居住環境はお世辞にもよいとは言えなかったが、棟割り長屋の人肌の温かさと、必要以上には接近しない住人相互の都会的なクールな感覚が程よい。

「是《これ》がまあつひの栖《すみか》か七勇士」

松江はいつの間にか自分を六勇士の仲間に加えているのを悟って、苦笑した。

松江が嬉《うれ》しかったのは、六勇士から長屋の花見に誘われたことである。

毎年、六人打ち揃って上野へ花見に行くということである。

六勇士の花見に松江が誘われたということは、彼が七勇士に加えられたことを意味していた。

東京のマンションやアパートの住人は、いまやホテルでたまたま泊まり合わせた客と大差ない。同じ屋根の下に住んでいても、相互に無関心で、隣りはなにをする人ぞである。独り暮らしの老人の孤独死や、若い女性が隣室の男に殺されたというケースが珍しくない。

隣人関係が完全に失われ、住人相互の関心を喪失している現代にあって、これは奇跡的なイベントであった。

聞いてみると、花見のほかに忘年会や新年会、あるいは花火見物も一緒にしているということである。

だが、それ以上には入り込んでこない。

七人の取り合わせは際立っているらしく、花見の間、周囲の視線を集めた。

大木の声量と弥生の美声は断然、周囲を圧倒した。

松江はこれまでの派閥抗争に憂き身をやつし、ライバルを蹴落《けお》とし、背後からの闇討ちを恐れ、社奴として馬車馬のように突っ走った半生に比べて、このような生き方があることを初めて知った。

梁山荘では派閥抗争や出世競争もない。背後から闇討ちされることもない。慢性的睡眠不足に耐えながら、満員電車につめ込まれての通勤もない。

仕事のストレスで胃に穴があくようなこともない。

ここは東京という人間砂漠の中のオアシスである。そのオアシスにたどり着くまでに半生を失ってしまった。

せめてこれからの半生を大切にしたい。

入居してから松江は、弥生から時どきコーヒーを招《よ》ばれた。

彼女が淹《い》れてくれた香り高いコーヒーを味わいながら、雑談を交わす。

弥生と親しくなるほどに、松江は彼女の擁する情報量に驚嘆した。

単なる情報ではない。一国の大統領や首脳陣から、政財界の大立者に関する極秘情報を、彼女はスポーツ新聞のゴシップ欄のように収集していた。

その内容は、想像力の及ばぬ具体性に満ちている。

「その情報がマスコミに洩《も》れたら、彼らの政治的、社会的生命は終わりになるかもしれない。一体、どこでそんな情報を手に入れたんだい」

松江が問うと、

「ふふ、それは取材源の秘密よ」

と意味深長な含み笑いではぐらかした。

「そんな重大極秘情報を、ぼくなんかに軽々しく口にしていいのかね」

「あなただからよ。私一人の胸の内に閉じ込めておくと、重苦しくて仕方がないの。でも、へたな人には洩らせないわ。あなたなら安心」

「人畜無害ってわけだね」

「とんでもない。信用しているのよ」

弥生は怨《えん》ずるような目で松江を軽く睨《にら》んだ。

そんな目をされると、世俗的な野心は失ったものの、まだ充分、男の脂を残している松江は、背中にぞくりとするものをおぼえた。

3

梁山荘に入居後、早くも半年が経過した。松江は完全に梁山荘の住人になりきっていた。

五月下旬の爽《さわ》やかな夜、松江は新宿駅西口の定位置に見台を出していた。

ゴールデンウィークの喧騒《けんそう》が過ぎ、街には若葉の香りが溢《あふ》れている。松江はこの季節が好きであった。

寒からず暑からず、瑞々《みずみず》しい新緑に彩られた街は、一年のうちで最も溌剌《はつらつ》としている。

梅雨入り前の五月下旬は、人間にたとえるなら青春の季節である。街全体に爽やかな陽気があって、心が浮き立ってくる。

およそ人生になんの期待もしていない者でも、五月のこの季節は、ふと心に弾みをおぼえる。

だが同時に、その弾みを分け合ったり、共有する人がいない者は、ますます自閉の殻に閉じこもってしまう。

五月の夜が美しければ美しいほど、それを分け合う者がいない人間はさらに寂寥感《せきりょうかん》を嚙《か》みしめる。

四月の下旬から五月にかけて見台に立つ客が増えるのも、季節のなせる業かもしれない。

この夜は宵の口から十人ほど客がつづいた。しかもまだ、客の行列が絶えない。

ようやく客の列が切れてほっとしたとき、慌ただしい足音が見台の前に迫った。

騒がしい気配の方角に目を向けると、二十歳前後の若い娘が走って来た。

気品のある面立ちに、上等な服装をしている。育ちのよさそうな女である。

「おじさま、助けて」

彼女は松江の見台の前に駆け着くと、息を切らしながら訴えた。

事情はわからなかったが、なにかの危難が彼女の身に迫っている気配である。

「ここへ入りなさい」

松江は咄嗟《とっさ》に見台の下を指さした。

見台は白い布で覆い、人間一人が潜り込める程度のスペースがある。

冬はこのスペースに火鉢を入れて、炬燵《こたつ》がわりにする。この季節でも夜間になると腰から下が冷え込むので、見台の下に布を下げて風を遮っている。

彼女は指示された通り、見台の下に潜り込んだ。

間もなく彼女が走って来た方角から、数人の目つきの鋭い男たちが急ぎ足に歩いて来た。その人相や目配り、きらきら光る素材のスーツなどから、一目で筋者（ヤクザ）と知れた。

一団の筋者グループは、松江の方角を一顧だにせず、小走りに通り過ぎた。

彼らが立ち去ったのを確かめてから、

「もう大丈夫だ。出て来なさい」

見台の下にうずくまったまま震えている彼女に声をかけた。

彼女はようやく見台から這《は》い出したものの、まだ恐怖から醒《さ》めやらぬらしく、蒼白《そうはく》な顔をして全身小刻みに震えつづけていた。

「一体、どうしたんだね」

松江が優しく問いかけると、

「私、悪者に追われているんです。捕まったら殺されます」

「なにか事情があるようだね。警察へ行った方がいい」

「警察はいやです。警察は信用できません」

彼女はいやいやをするように首を振った。

一見したところ、風俗営業関係のにおいもない。いかにも氏育ちのよさそうな気品のある面立ちである。

服や身に付けているアクセサリーは、いずれも高価なものばかりである。豊かな生活環境の者であることがうかがわれる。

「早く家に帰りなさい。車をつかまえてあげよう」

「私、帰るところがないんです。おじさま、お願いです。おじさまの家に連れて行ってください」

女は真剣な表情をして訴えた。

「私の家にだって」

松江はあんぐりと口を開いた。たったいま出会ったばかりの育ちのよさそうな若い女が、大道易者の家に連れて行ってくれとせがんでいる。

「お嬢さん、そんな無茶を言ってはいけないよ。あなたのような良家の娘さんを、今夜出会ったばかりの易者の家に連れて行くわけにはいかない。誘拐《ゆうかい》とまちがえられてしまう」

「おじさま、お願いです。おじさまが悪い人でないことは一目見ただけでわかります。今夜一晩でけっこうですから、おじさまの家にかくまってください。さもないと、私、追手に捕まって殺されてしまいます」

娘は松江にすがりつかんばかりにして訴えた。

通行人の目がようやく集まり始めている。その場にいては先刻の目つきの悪い連中が戻って来るかもしれない。

とにかくこの場から離れようと、松江はおもった。

見台をたたんで歩き始めると、娘は後から従いて来た。すっかり彼に頼りきっているようである。

松江は困ったことになったとおもった。

警察へ連れて行くのがベストであるが、彼女はいやがっている。松江の好奇心も脹《ふく》らんでいた。窮鳥が懐に入って来た感じである。

とりあえず彼女を保護して、事情を聞いてみたいという心理に傾いている。

「お嬢さん、お名前は」

松江は尋ねた。

「やまがみかおりと申します。山の上に、平仮名でかおりと書きます」

彼女は名乗った。

「住所はどこ」

「忘れました」

「忘れた」

「家には帰りたくありません。家の中にも私を狙っている者がいるのです」

彼女は恐怖をおもいだしたように青ざめた。

結局、その夜、松江は山上かおりを自分の居所に連れて来た。

最初は春田弥生に事情を話して、彼女の部屋に泊めてもらおうかとおもったが、あいにく弥生は不在であった。

松江はやむを得ず、かおりを自分の部屋に引き入れた。

「汚いところだけれど、今晩一晩、我慢してください」

かおりはもの珍しげに室内を見まわしている。

「おなかはすいていないかね」

松江に言われて、彼女は急に空腹であることをおもいだしたらしい。

松江は単身赴任中、料理の腕を上げている。

ありあわせの品で手早く夕食を作ってやると、かおりは美味《おい》しそうに食べた。その食べ方が上品である。いかにもナイフやフォークを使い慣れているようである。

ようやく人心地ついたかおりは、眠気をおぼえてきたようである。

松江は彼女のために自分のベッドを明け渡した。

松江を信じきっているらしく、かおりはベッドに入るとすやすや眠り始めた。妙な成行きになってしまった。

氏素性もわからぬ大道易者の家に連れ込まれたと彼女の家族が知ったなら、平穏無事に保護されていたとは決しておもわないだろう。

いや、家族とは限らない。世間の常識に照らし合わせても、松江が懐に入った窮鳥を保護したとは見ない。

所持品はバッグ一つである。バッグの中身を調べれば、彼女の住所や事情がわかるかもしれない。だが、本人が眠っている間に、若い女のバッグを探るのは松江のプライドが許さない。たとえ家族から疑われても、彼女が目を覚ましてから事情を聞き出そう、と松江はおもった。

今夜はゆっくり休ませて、明日、家族の許《もと》へ帰そう。松江は覚悟を定めた。

存在する妄想

1

事件発生二日後、報道によって名乗り出てきた者があった。

渋谷区富ヶ谷《とみがや》二丁目××の「メゾンアルハンブラ」の管理人から、報道された被害者の写真が入居者の女性に酷似しているという連絡が寄せられた。

届け出てきた管理人によると、同マンション三〇六号室の入居者入江牧子《いりえまきこ》が二日前から帰宅していないが、報道写真の被害者によく似ているというものである。

早速、解剖後、縁故者の届け出を待って、病院の冷凍室《モルグ》に保存されている被害者の遺体を管理人に確認してもらった。

管理人は遺体が入江牧子であることを認めた。ここに被害者の身許《みもと》が割れた。

入江牧子がメゾンアルハンブラに入居するに際して差し出した賃貸借契約書によると、入江牧子は入居時二十四歳、職業OL、身許保証人は勤め先の中央区銀座六丁目、「ボン・ソワール」三松正子《みまつまさこ》となっている。

その名称から判断して、夜の仕事らしい。

捜査本部は直ちに身許保証人の三松正子に連絡を取った。

三松正子は、

「牧ちゃんが入店したのは五年前でした。雑誌に出した求人広告を見て応募して来たのです。面接をして一目で気に入りました。入店する子は私が身許保証人になって住居を世話しています。こういう仕事ですから、採用に際してうるさいことは言いません。郷里は石川県と聞いていましたが、うちへ来る以前、どこでなにをしていたか、詳しいことは知りません」

「入店に際して履歴書を取らなかったのですか」

「いまはもらっていますけど、その当時は取りませんでした」

「入江さんには特に親しくしていた男性、またはお客はいませんでしたか」

「牧ちゃんはあの通り美人の上に愛嬌《あいきょう》があったので、とても人気がありました。常に一位か二位を争っていましたが、身持ちの堅い子で、特定の男の人はいなかったようです」

「客以外に親しかった店の男子従業員はいませんでしたか」

「私どもでは従業員同士の恋愛は禁じています。もしそういう関係になったときは、どちらかに辞めてもらいます。店の男の子のひも付きとわかると、お客様が敬遠しますので」

「入江さんが殺されたニュースや新聞は見なかったのですか」

「気がつきませんでした。金曜日の夜はいつもの通り、看板までお店にいて、土、日はお店が休みなので、私をはじめお店の者はだれも気がつきませんでした」

入江牧子が殺されたと推定されるのは五月十一日、日曜日の深夜であり、病院が死亡を確認して警察に届け出たのが五月十二日の月曜日の朝であった。

報道は十二日の朝のテレビから始まり、当日午後の夕刊につづいた。

朝の遅い三松正子やボン・ソワールの従業員が報道を見過ごしたことは充分にあり得る。

管理人が届け出たのは火曜日であり、牧子が店を休んだのは月曜日の夜だけということになる。

一夜の欠勤であれば、べつに珍しいことではなく、店もまだ不審を持つに至らない。

「月曜日、入江牧子さんが休む前に連絡がありましたか」

「いいえ、ありませんでした」

「入江牧子さんはこれまでにも無断欠勤をしたことがありますか」

「いいえ、ございませんでした」

「それならば月曜日の夜の欠勤を不審におもわなかったのですか」

「女の子が突然休むのはよくあることでしたので」

「入江さんは以前にも、突然店を休んだことがありますか」

「いいえ、ありませんでした」

「それなのに、なぜ不審におもわなかったのですか」

「火曜日の夜も休むようならば連絡をするつもりでいました」

三松正子は入江牧子が殺されたということを、警察から連絡があるまで知らなかったようである。

正子は警察から照会を受けて、衝撃を受けていた。

ボン・ソワールの経営者から事情を聴いた後、捜査の触手は入江牧子の住居に伸びた。彼女の住居には犯人の手がかりが残されている可能性がある。

犯人と被害者の間には鑑《かん》（人間関係）があるのが普通である。

犯行現場と並んで、被害者の居所は捜査資料の宝庫である。

捜査本部は捜索令状を請求して、入江牧子の住居を捜索することに決定した。

2

山上かおりを泊めることになった翌朝、座布団を敷いて毛布にくるまって寝ていた松江は、流しの方角でかたことと音のする気配に目を覚ました。

いつの間に起きたのか、すっきりと身支度をしたかおりが、朝食の準備をしていた。

「ごめんなさい。なにがどこにあるのかよくわからないので、勝手にあり合わせの品で朝食を用意しました」

かおりは恥ずかしそうに言った。

見ると、テーブルの上に目玉焼きにトマトの輪切り、トースターにパンを挟んでスイッチを入れるばかりになっている。

平素はもっと遅くまで寝ているのであるが、眠気は覚めている。

ベッドをかおりに提供して床にごろ寝をしたにもかかわらず、眠り足りている。

松江は顔を洗って、かおりと朝食のテーブルを囲んだ。

昨夜出会ったばかりの二人が、古い知り合いのように朝の食卓を挟んで向かい合っている姿は奇妙であった。

男の独り所帯で、化粧道具はなにも置いていないが、彼女はきりりと朝の化粧を施している。

昨夜初めて会ったときに比べて、一夜の眠りで落ち着きを取り戻したのか、血色がよい。ノーブルな造作である。

身体は充分に発達しているが、なんとなく生硬な感じがするのは、もしかすると処女のせいかもしれない。しかし、処女にしては大胆である。

粗末な朝食であったが、松江にとっては久しぶりに豪勢な食事であった。若い美しい娘と差し向かいで摂《と》る食事に勝る食事があろうか。

満ち足りた後、松江はこの美しい窮鳥を手放すのが惜しくなった。

だが、これ以上、引き止めておくわけにはいかない。

「住所をおもいだしたかな」

松江はそろそろと探りを入れた。

「いいえ。おもいだせません」

かおりは答えた。

「おもいだせないのではなく、帰りたくないのじゃないのかな」

「それもあります。あの家に帰ったら、私は殺されてしまいます」

「どうして自分の家に帰ると殺されてしまうのかね」

「悪い人間が私を狙っているのです」

「それは被害妄想というものだよ。ご家族はいないのかね」

「いません」

「まだ結婚はしていないのか」

「結婚なんかしていません」

「ご両親はどちらに住んでいるのかね」

「母は数年前に死にました。父は再婚して、新しい家庭を持っています。もう他人も同然です」

「なるほど」

松江はうなずいた。どうやらその辺に事情がありそうである。

「それでは、お父さんの名前は……」

「山上きいちろうといいます。喜ぶ一郎です」

「山上喜一郎……山上グループの社長と同姓同名だね」

山上グループは山上商事を中核に、不動産、倉庫、ビル、ホテル、ゴルフ場経営などに多角的に資本展開している一大企業グループである。

山上喜一郎は山上商事の創設者喜八郎《きはちろう》の跡を継いで、グループを飛躍的に発展させた。政界中枢との結びつきも深く、日本の政財界に隠然たる勢力を張っている。

「山上喜一郎は私の父です」

かおりは繰り返した。その毅然《きぜん》たる口調に、松江ははっとした。

「もしかして、きみのお父さんは山上グループの総帥の山上喜一郎かね」

「父はたくさんの会社の社長をしています」

彼女が嘘をついているとはおもえない。

山上喜一郎はありふれた名前ではない。大変な大物の娘を連れ込んでしまった。だが、いまさら後悔しても遅い。

「きみのお父さんがあの山上喜一郎氏ならば、黙っているわけにはいかない。昨夜のうちに連絡すべきだったが、いまからでも連絡しないよりはいい。もしかすると、すでに捜索願を出しているかもしれない」

「捜索願なんか出しません。これまでにも外泊をしたことがありますから」

「お父さんに無断で外泊をしたことがあるのか」

「私はもう独立した大人です」

「だからといって、お父さんがいるのになんの連絡もせずに、未婚の娘さんを預かっているわけにはいかないよ」

「父は他人も同然だと申し上げたはずです」

「お父さんはお父さんだよ。再婚したからといって、きみとの父娘関係が切れるものではない」

「私の方から切っています」

「お父さんは切っていないだろう。悪い人間がきみを追っているなら、私に救いを求めるよりは、お父さんに守ってもらうべきだ。お父さんはきっときみを守ってくれるよ」

「父は私が迷惑なだけです」

「お父さんはきみの身を案じているにちがいない。とにかく連絡してみよう」

松江は山上喜一郎に連絡を取ることにした。

田園調布《でんえんちょうふ》の山上喜一郎邸に電話をすると、執事なる者が出て来て、用件を問うた。松江が山上かおりを保護している旨を伝えると、松江の素性を問うた。

「それは山上喜一郎社長にしか申し上げられません」

と松江が答えると、電話口でしばし黙考した後、山上本社に電話し直すようにと言った。

執事の指示にしたがって本社に電話すると、総務部から秘書課を経由して社長室にまわされた。

幾重ものチェックを受けた後、ようやく喜一郎本人が電話口に応答した。

「かおりを保護している……あなたはどなたですか」

山上は当然の質問を発した。どうやら録音されている気配である。

山上本人が応答した以上、素性を隠す必要はない。松江は正直に名前と住所を明らかにして、昨夜からかおりを保護したいきさつを伝えた。

「そういうことでしたか。かおりが大変お世話になりました。実は昨日から付き添いの者をまいて行方を晦《くら》ましてしまったので、八方手分けして探していたのです。これから直ちにおうかがいいたします」

山上は丁重に礼を述べた。

「ご多忙のお身体でしょうから、私の方からお嬢さまをお連れしましょう」

松江が申し出ると、

「とんでもない。娘を保護してくださった上に、送り届けていただいては、申し訳ございません。これから直ちに娘を引き取りにうかがいます」

山上は言った。

松江の住居も確かめておきたいらしい。まだ松江の言うことを完全に信じていないようである。無理もないところである。

見ず知らずの者が、山上グループ令嬢の身柄を預かったと通告してきたのである。なんらかの邪悪な意図を抱いていると疑われてもやむを得ない。もしかすると、警察に連絡されるかもしれない。

「それでは、どうぞお越しください」

電話を切った松江は、かおりに、

「お父さんが迎えに来ると言っていたよ。あなたにお願いがあるんだが、お父さんはきっと私を疑っているとおもう。本来なら、あなたを昨夜のうちにお父さんの許《もと》へ帰すべきであった。しかし、夜も更けていたし、あなたの素性がわからなかったので泊めてしまったが、いまにして軽率だったとおもう。きっとあなたのお父さんは私が邪《よこしま》な意図を持って、あなたを誘拐、監禁したと疑うだろう。そういうことは一切なかったと、お父さんに伝えてもらいたい」

「おじさまに迷惑をかけるようなことは決していたしません。でも、私、父に会いたくありません」

「そういうわけにはいかないよ。お父さんの話によると、あなたは昨夜、付き添いの者をまいて行方を晦ましたそうだ。あなたの行方を探していたそうだよ。親としては若い未婚の娘が行方を晦ませば、当然の心配だとおもう」

「心配する必要なんかありません。私はもう大人です」

「親はそうはおもっていない。現にきみは悪者に追われて、見ず知らずの私に救いを求めてきたではないか」

松江に言いこめられて、かおりは俯《うつむ》いた。

間もなく屈強な取り巻きを数名侍《はべ》らせて、山上喜一郎がやって来た。

外国高級車が数台連なっておんぼろアパートの前に駐車したものだから、入居者や近隣の者がびっくりして目を見張った。

警察が物陰から遠巻きにしているかもしれない。

喜一郎は屈強なボディガードに囲まれて、松江の部屋に入って来た。

かおりの姿を自分の目で確かめると、

「おう、無事だったか。よかったよかった」

と松江に挨拶《あいさつ》する前に、ほっとしたように言った。その言葉が松江に対してどんなに失礼であるか、気づいていない。

喜一郎はいったんほっとしたものの、衣服越しにかおりの身体を詮索《せんさく》している。彼の目は、衣服の下に隠されているかもしれないかおりの被害を探っているのである。

その間、ボディガードは油断なく松江を睨《にら》んでいる。松江のどんな動きに対しても、即座に対応できるように身構えているのがわかる。

「お嬢さまはたしかにお返ししました」

松江はかおりを山上に引き渡した。山上は松江が素直にかおりを引き渡したので、ちょっと拍子抜けしたらしい。

狭い室内には仲間が隠れるところもなく、アパートの中に一味がいる気配もない。かおりは一見、なんの被害を受けた様子もない。

「おまえ、本当に大丈夫だったのか」

山上は松江に礼を言うのも忘れて、かおりに確認した。

「お父さま、失礼でしょう」

かおりが山上をたしなめた。

もしかおりが松江に誘拐や監禁をされたのであれば、彼女が訴えるはずである。山上はようやく疑いを解いた。

「昨夜は娘が大変お世話になりました。これは些少《さしょう》ですが、私の気持ちです」

山上は身代金を要求された場合に備えて、用意してきた札束の一部を松江の前に置いた。

「なんですか、これは」

松江は問うた。

山上の顔色が動いて、やっぱりという表情が揺れた。松江が金額に不満を示したとおもったらしい。

「なにか勘ちがいをされていらっしゃるようですね。私はこんなものをいただくためにお嬢さまを預かったのではありません。私はしがない大道易者ですが、慎《つつ》ましく暮らしている分には、金には困っていません」

松江は札束を山上の方に押し戻した。

「せめてもの私の気持ちです」

山上の面が驚きの色に塗られた。

「お気持ちだけいただきます。これはどうぞお納めくださいまし」

松江は重ねて強く言った。

山上もようやく松江に邪心がないことを悟ったらしい。

「これは大変失礼なことをいたしました。お礼は後日、改めて申し上げます」

厚みのある身体に大物らしい威厳を保っていた山上が、初めて父親らしい素顔を見せた。

「私、帰りたくない。ここにいたい」

かおりがいやいやをするように首を振った。

「かおり、なにを言うんだ。これ以上、乾坤堂《けんこんどう》さんにご迷惑をかけてはいけない。さあ、

「一緒に帰ろう」

　松江は易者として乾坤堂命斎《めいさい》と名乗っている。

　だが、山上に電話したとき、易者名は告げなかった。かおりを引き取りに来るまでに、すでに松江の素性について調べ上げたらしい。

　山上にはべつの疑惑が生じかけているようである。

　たった一夜のうちに、娘を父親の許に帰りたくないと言わせるように仕向けた仕掛けはなにか。山上はいやがるかおりを拉致《らち》するようにして連れ戻して行った。

　山上一行が引き揚げた後、六勇士がやって来た。

「松江さん、山上喜一郎が訪ねて来るなんて、凄《すご》いじゃないか」

　近藤平一が驚きの色を隠さずに言った。

「なにかもめごとがあったら助太刀しようとスタンバっていたんだが、なにごともなくてよかった」

　大木弁慶が筋肉の盛り上がった腕をさすった。

「山上喜一郎に会ったのは初めてだが、肝臓が少し疲れているようだ。ストレスも高い」

　藪原玄庵が直接診察したようなことを言った。

「あんたが山上喜一郎を知っているとはおもわなかった。以前からあの人物には関心を持っていた。今度、機会があったら紹介してくれんか。彼の伝記を書いてみたいとおもっている」

大町半月が言った。

「驚いたな。現ナマざっと一千万は持っていたよ。懐中の財布にも百万は入っていると睨んだ。さすがは山上グループの社長だね。所持金の桁《けた》がちがう」

富田銀平が涎《よだれ》を垂らしそうな顔をした。

「ねえねえねえ、あの若い女はだれ。松江さんって行ない澄ましたような顔をしていて、隅に置けないのね」

昨夜のうちに帰宅していたらしい春田弥生が、全身、好奇心ではち切れそうになりながら聞いた。その声の響きに軽い嫉妬《しっと》があるようである。

松江は山上一行が帯びてきたなにやら険悪な気配に、隣人たちが心配して、それとなく見守ってくれていたのが嬉《うれ》しかった。

松江は六人に、昨夜、山上かおりをかくまったいきさつを伝えた。

「金を返したのは正解だったよ。山上は謝礼として渡しても、後になって謝礼か身代金かの区別はつかなくなる。山上が身代金だと言えばそれまでだよ。警察はあんたの言葉よりも山上の言うことを信じるだろう」

近藤が言った。

「山上かおりが証明してくれませんか」

「娘の言葉は、あんたに脅迫されたか、誑《たぶら》かされているかもしれないとされて、信憑《しんぴょう》性がない」

「山上かおりを人質に取れば、身代金一億円はむしり取れるな」

富田が物騒なことを言った。

「一億円なんて小さいわよ。あの娘、帰りたくないと言ってたじゃない。松江さん、あの娘と結婚すれば、山上喜一郎の莫大《ばくだい》な財産を相続できるわよ」

弥生が富田の言葉に輪をかけた。

「そうなったら、私は山上家のご典医に召し抱えられるかもしれないね」

「おれはさしずめ用心棒だな」

藪原と大木がそれぞれ勝手なことを言い出した。

3

翌日、松江の許に山上の使者が来た。

昨日のお礼を改めて申し上げたく、明日の夕方車を差し向けるので、田園調布の屋敷までご足労願いたい、という使者の口上であった。

松江は気が進まなかったが、かおりのその後が気になっていたので承諾した。

招きを受けても、金品を一切受け取らなければよい。

大木がボディガード役として同行を申し出たが、松江は苦笑して、

「護衛されるほどの者ではありませんよ。それに、こちらはなにも疚《やま》しいことはしていません。かおりさんを無事に引き渡した後ですから、なんの危害を加えることもないでしょう」

と大木の申し出を辞退した。

翌日の夕方、見おぼえのある山上の専用車、クライスラーが迎えに来た。

六勇士の見送りを受けてクライスラーに乗り込んだ松江は、田園調布の高級住宅街の中に最も広い敷地を占めた、最も宏壮《こうそう》な構えの山上邸に運ばれて行った。

荘重な鉄の門扉を通り抜け、前庭の玉砂利を砕きながら玄関の前に停車したクライスラーを、執事以下十数人の使用人が恭しく出迎えた。

松江はペルシャ絨毯《じゅうたん》を敷きつめた、三十畳はありそうな応接間に案内された。

窓越しに池を穿《うが》った日本庭園が望める。池のほとりに名石を配し、手入れの行き届いた庭樹の間に石灯籠《どうろう》が立っている。

宏壮な邸内は無人のように静まり返っていた。

若いお手伝いが茶菓を運んで来た。

お手伝いの後から、渋い和服姿の山上が姿を現わした。

「ご足労いただいて申し訳ありません」

山上は丁重に言った。先日のような身構えはない。

「お嬢さんはお元気にしていらっしゃいますか」

松江は、かおりが悪人に追いかけられていると言って救いを求めて来た場面をおもいだしながら問うた。

もしかすると、彼女はこの宏壮な邸内の一隅に監禁されているのかもしれない。

「元気にしていますよ。間もなくここへご挨拶にあがります」

山上は松江の胸の内を読んだように言った。

「今夜はゆっくりしていらしてください。夕食も用意してあります」

山上が言葉を添えた。

「どうぞおかまいなく」

松江は山上と食事をする気づまりをおもった。

「食事にはかおりもご一緒させます」

またしても山上は、松江の胸の内を先読みした。

松江が話の接ぎ穂がなくて黙していると、

「実は今夜ご足労願いましたのは、ほかでもありません。かおりのことでちょっとご相談したいことがあります」

山上がようやく本題を切り出した。

松江が姿勢を改めると、

「失礼ながら、あなたをご信頼できる方とお見受けしました。つきましては、当分の間、かおりを預かってはいただけないでしょうか」

山上は意外なことを申し出た。

「お嬢さんをお預かりする……？」

「あの娘《こ》は数年前、母親が病気で急死したショックで、心に傷を受けています。かおりは母の急死を何者かに殺されたとおもいこんでいます。そして、かおり自身も悪者に追われているという被害妄想を持っています」

「被害妄想……それでは、前夜、だれかに追われていたというのは、かおりさんの妄想だとおっしゃるのですか」

「そうです」

「しかし、彼女の後から数人の目つきの悪い男が追いかけて来ましたよ」

松江はかおりが救いを求めて来た場面をおもいだした。

彼女を見台の下に隠した後、血相変えた数人の男が追いかけて来た。

「それは、私がかおりにつけた護衛です。目つきが悪かったとすれば、かおりの姿が突然見えなくなったので、血眼になって探していたからでしょう」

「それでは私はかおりさんを妄想の追手からかくまったというわけですね」

松江は肩透かしを食わされたような気がした。

「そこで、乾坤堂さんを見込んでお願いしたいことがございます」

「私に頼みたいこととはなんですか」

「かおりの被害妄想を信じたように装って、彼女を守ってもらいたいのです」

「しかし、存在もしない妄想の追手から、どのようにして守るのですか」

「いかにも悪い追手が追いかけて来るように装い、彼女の護衛役を引き受けていただきたいのです」

「そんなことをして、なんになるのですか」

松江は山上の妙な依頼に面食らった。

「かおりは人間不信に陥っています。いくら追手なんかいないと言い聞かせても信じません。むしろ追手を否定すればするほど、自分は追われているとおもいこんでしまいます。父親の私すら信じてくれません。

ところが、追手から一夜かくまってくれたあなたを、かおりは信じています。架空の追手に対してあなたがかおりを守ってくだされば、かおりの心の傷も次第に癒《いや》されてくるのではないかとおもいます。医者も被害妄想は否定すればするほど悪くなると言っていました。妄想を妄想としてではなく、柔らかく受け入れてやる方が心の傷を手当てすることになるそうです。いかがでしょう。当分の間、かおりを預かっていただけませんか。それ相応のお礼はいたします」

膝《ひざ》を屈して頼む山上は、いまは一人の親馬鹿になりきっていた。

多感な難しい時期に母親を失った心の痛手から立ち直れないでいるかおりは、山上喜一郎の心配の種なのであろう。

山上グループの総師であり、日本政財界に隠然たる睨《にら》みをきかす黒幕が、なりふりかまわず一介の大道易者にすがりつかんばかりにして頼み込んでいる。

「謝礼などはいりません」

松江は少し声を強めた。

「よく承知しております。しかし、娘を預けて、ただというわけにはまいりません。生活費もかかります」

「実費でけっこうですよ」

「とおっしゃるのは、私の頼みを聞いてくださると解釈してよろしいでしょうか」

「架空の追手に対して、どのように護衛すればよいのかわかりませんが、かおりさんの心の傷の手当てに多少でもお役に立つなら、お手伝いしてもよろしいとおもいます」

「有り難うございます。かおりもどんなにか喜ぶでしょう。かおりがあんな安らかな表情をしていたのを見たことがありません。あなたのところで、かおりは本当に安心しきっていたのです」

松江が承諾したので、山上は卓上のベルを押した。

先刻、茶菓を運んで来たお手伝いが入って来た。

「かおりをここへ連れて来なさい」

間もなくお手伝いに連れられて応接間に入って来たかおりは、松江を見て、

「おじさま」

と目を輝かせた。

「やあ、元気なようだね」

「やっぱりおじさま、迎えに来てくださったのね」

かおりは父の屋敷の中でありながら、敵地で味方を見いだしたような表情をした。

「おまえを当分の間、乾坤堂さんに預けることにした。あまりわがままを言ってはいけないよ」

山上が諭すように言った。

「わがままなんか言いません。おじさま、なんでも私に言いつけてくださいね。お料理、お掃除、お洗濯、なんでもするわ」

「私の家に来るからには、いままでのようにお嬢さまをやってはいられないぞ。覚悟はできているかな」

「覚悟はとうにできています。私、嬉《うれ》しい」

かおりは全身に喜びを弾ませていた。よほど松江の許《もと》に来るのが嬉しいらしい。

その後、山上家のダイニングルームで、本職のコックが調理したらしい豪勢な夕食を数人のお手伝いにかしずかれて振る舞われた後、かおりと共にクライスラーに乗せられて送り返されて来た。

4

ひょんなきっかけから、山上かおりを預かる羽目になってしまった。

六勇士には深い事情は話さず、ただ、山上喜一郎から彼女の身柄を預かったとだけ話した。

「あんな美しい預かりものなら、おれが預かりたいね」

大木が羨《うらや》ましがった。

「かおりさんとあんたでは、美女と野獣だよ。おれならば似合いのカップルになるがね」

富田が図々《ずうずう》しいことを言った。

預かるといっても六畳と三畳、二部屋だけでは狭すぎるので、たまたま入居者の一人が移転して空いた部屋を借りてはどうかと勧めたが、かおりは松江との同居を強く望んだ。

「一人では怖くて、夜眠れません。いつ悪者が押し込んで来るかもわかりません。ご迷惑でなかったら、おじさまのお部屋に置いてください」

かおりは真剣な表情をして訴えた。

同じ屋根の下でも、べつの部屋では山上から委嘱されて預かることにはならないだろう。こうして、松江はかおりと同居生活を送る羽目になった。

当初、松江は仕事に出ている間、かおりに留守番をさせておくつもりであった。

だが、かおりは、

「留守中、悪者が押し込んで来るかもしれません。おじさまのお仕事に一緒に連れて行ってください」

と強くせがんだ。

もともと盗まれるようなものはなにもない。松江はかおりを連れて仕事をするようになった。

美しい娘を連れた易者は、通行人の目を集めた。興味を持った通行人が立ち止まり、卦《け》を観てもらうようになり、以前より繁盛するようになった。これは意外な副産物であった。

松江はかおりに易学の手ほどきをして、かたわらに見台を並べて座らせたところ、かおりの前にも客が座った。

見よう見真似のかおりの占いがけっこう当たり、ペア易者として評判を呼ぶようになった。

かおりは松江と一緒にいると、追手を忘れたように安心していた。

かおりを預かって一ヵ月ほど後の夜、見台をたたんで帰り支度をしているとき、突然、頭上の空気に凶悪な気配が走った。

本能的に危険を察知した松江は、かおりを突き飛ばした。

間一髪、頭上から鉢が落下して来て、かおりが立っていた路上に砕けた。

際どいところで鉢の直撃を躱《かわ》したかおりは、茫然《ぼうぜん》と立ちすくんでいる。

「一体だれだ。こんなものを上から落としたやつは」

松江は鉢が落ちて来た建物の上方を睨んだ。

建物の壁に穿《うが》たれた窓はいずれも灯が消えており、鉢が落ちて来た暗い頭上にはなんの気配も感じられない。

もし松江の気づくのが一拍遅く、かおりが鉢の直撃を受ければ生命《いのち》に関わるダメージを受けたにちがいない。

鉢が落ちて来た原因を探りたかったが、探りようがない。警察に届けたところで、警察も調べようがないであろう。

幸いにもなんの被害もなかったので、松江は原因の究明は保留して帰宅した。

だが数日後、ふたたび事件が起きた。

新宿駅ホームで二人は電車を待っていた。ホームは最終電車を待つ人々で混んでいた。

この時間帯の乗客は、ほとんどがアルコールか脂粉の香りを帯びている。

終電車の乗客には一種の荒廃した気配が漂っている。それは人間の海、東京に漂うヘドロのにおいと言ってよいだろうか。

一日の疲労や仕事のストレス、人生の悩み、孤独感などを、せめて酒に頼って洗い流そうとした人々が酔いと共に吐き出したヘドロが、駅のホームや終電車に凝縮して漂う。そんな荒れて乾いた雰囲気である。

松江とかおりはホームの最前列に立って電車を待っていた。今夜も繁盛したので、懐中が温かい。ホームの荒廃した雰囲気の中で、二人だけは充実していた。

ホームに電車が入線して来た。

そのとき、強い力でかおりは背中を突かれた。危うくホームから突き落とされようとした直前、松江が抱き留めた。際どいところであった。

松江の阻止が少し遅かったならば、入線して来た電車の前に突き落とされたところである。

「だれだ、危ないじゃないか」

かおりの無事を確認した松江は、背後の人の列に怒鳴った。酔漢が酔ってしたことともったのである。

だが、かおりの後方に居合わせた乗客は、いずれも素知らぬ顔をしている。彼らもだれがかおりを突いたのか気がつかなかったようである。

そのとき、松江ははっとした。

先夜の落下して来た鉢も、今夜のホームからの突き落とし未遂も、かおりが訴えていた追手の仕業ではないのか。

だが、山上は追手は存在しない、かおりの被害妄想だと言っていた。

松江が目撃した二つの事件は、妄想ではない。現実の危険であった。松江が阻止しなければ、かおりは致命的なダメージを受けたはずである。

二つの危難が相次いで発生したところを見ると、偶然とは考えられない。

かおりが訴えたように追手は存在して、かおりの生命を狙っているのではないのか。

山上は松江に、架空の追手に対してかおりを護衛してくれるように頼んだ。山上も認識しない追手がかおりを狙っているようである。松江はにわかに心身が引き締まるような緊張をおぼえた。

5

山上喜一郎から娘のかおりの護衛を依頼された松江勇作は、奇妙な違和感をおぼえていた。

山上喜一郎はかおりの被害妄想だと言っていたが、かおりが感じ取っている危難は存在していた。山上が嘘をつくはずもあるまい。すると、彼とかおりの認識にずれがあることになる。

襲撃の動機は皆目不明である。だが、襲撃者が目的を達成していない以上、必ずまた襲って来るであろう。

被害妄想の娘をエスコートするのと、現実にだれかに狙われている彼女を護衛するのとでは、天地のちがいがある。

松江はSPやセキュリティのプロではない。頼もしい弁慶が常にそばにいてくれるとは限らない。松江はかおりに、〝悪者〟の心当たりはないかと尋ねた。

「そんな心当たりはありません」

「家の中にもきみを狙っている者がいると言っていたね」

「証拠はありません。そんな気がしただけです」

「家の中のだれにそんな気がしたんだね」

「いまは言いたくありません」

「家の中の悪者が何度も襲って来たのかね」

「私にもわかりません。だから怖いのよ」

「きみに心当たりがなくとも、忘れているのかもしれないよ。おもいだすんだ。どこかでなにか異常な体験をしていないか。きみにおぼえがなくとも、他人《ひと》から怨《うら》みを買ったようなことはないか。なにかを目撃していないか。よく考えるんだ」

松江が問いつめると、かおりは恐怖の色を面に浮かべて言葉を失ってしまう。

松江はかおりの過去になにかおもいだしたくないものが潜んでいるのではないかとおもった。

それを無理に聞き出そうとしても、彼女を不必要に怖がらせるだけである。

松江は時間をかけて、じっくりと彼女の過去に潜むものを探ろうとおもった。襲撃者はそこから発している。

だが、襲撃者の正体や、襲撃の動機を探り出す前に、再度襲って来るであろう。

前回のような屈強なグループに襲われたら、松江一人ではとうてい防ぎ切れない。

松江は大木弁慶に協力を頼んだ。

「松江さんが仕事をしている間、かおりさんに私のジムの仕事を手伝ってもらえないかな。ジムにいれば、屈強な連中がごろごろしています。どんなヤクザグループが殴り込んで来ても、指一本触れさせませんよ。ジムの総務を手伝ってもらえれば、我々も大助かりです」

弁慶の申し出は、松江とかおりにとって渡りに船であった。

松江が仕事に出ている間、弁慶に預けておけば絶対に安全である。

弁慶にかおりの護衛を委託して、松江は彼女に対する襲撃の動機や背景をじっくりと探ろうとおもった。

当のかおりの方が松江がかたわらにいるので、事態をあまり深刻に受け止めていないようである。

6

かおりの身辺に連続して危難が発生した数日前、田園調布の山上邸の奥まった一室で、主の山上喜一郎と数人の目つきの鋭い男たちがなにごとか密談を交わしていた。

男たちは山上グループが飼っている用心棒集団である。

企業には餌を求めて総会屋や経済ヤクザ、ごろんぼジャーナリスト、寄付金集めや広告取り、たかり屋などの飢えた狼が群れ集まって来る。

狼撃退用に養われている用心棒が雇い主から招集されて、山上邸に集まっていた。

「かおりは何者かに追われているという被害妄想を持っている。医者の話によると、その妄想が彼女の心身に緊張感を生んで、母親を失った心の痛手に耐えているということだ。したがって被害妄想がなくなると、彼女のガラスのような神経がこなごなに砕けてしまう虞《おそれ》がある。

そこで、おまえたちに頼みたいのだが、かおりの被害妄想に適度な刺激をあたえるような追手の役を務めてもらいたい。時どきかおりを追いかける振りをしてもらいたいのだ」

「承知しました」

グループの中の首領格が答えた。

右眉《まゆ》に刃物でつけたらしい傷痕《しょうこん》があり、面相を一際凶悪にしている。

これが山上グループの私兵隊長ともいうべき樽井《たるい》である。全国組織暴力団一誠会系樽井組の組長でもある。

「ただ、追いかけるだけじゃないぞ。かおりに適度な不安感をあたえるために、追手が狙っているというデモンストレーションをしてもらいたい」

「たとえばどんなデモをすればよろしいので」

頰の尖《とが》った青白い顔の男が問うた。彼が凶暴なところから悪田《わるだ》と渾名《あだな》されている青田《あおた》である。

「たとえば適度な恐怖や不安をおぼえるような危難をかおりにあたえてやってもらいたい。ただ近くで大きな音をたてるとか、当たっても傷つかないようなものを投げつけるとか。ただし、絶対に身体を傷つけるようなことがあってはならない。あくまでもかおりに緊張をあたえるためのデモンストレーションであるから、安全を確認した上でなければ、してはならない」

用心棒グループが山上の指示を神妙な顔をして聞いていた。

「それから、かおりには護衛が付いている」

「護衛？」

用心棒グループが驚いた表情をした。

「護衛にはかおりの被害妄想は伝えてあるが、おまえたちのことは話してない。したがって、おまえたちがデモンストレーションをかけると阻止するかもしれない。護衛は多少傷つけてもかまわない。その方がかおりに刺激と緊張感をあたえるだろう」

「護衛はプロですか」

「いや、プロではない。脱サラの大道易者だ。かおりがなぜか懐いていて、彼に保護された形になっている。多少傷つけてもよいが、警察の介入を招くような深刻なダメージをあたえてはならない」

「すべて社長のご意志を体して行ないますから、ご安心ください」

樽井が言った。

7

松江の家に同居するようになってから、かおりの被害妄想は少し軽くなったようである。松江に守られているという意識が、彼女を安心させているのかもしれない。

かおりの妄想が軽減した分だけ、松江の緊張が強くなっている。

姿なき敵は、またいつ襲って来るかわからない。敵はいつでも都合のよい時期を狙って攻めて来られるのに、こちらはいつ来るかわからぬ敵に備えて、四六時中緊張していなければならない。松江の心身の負担は大きかった。

だが、一方では一人の人間に頼られているという意識が、松江に快い緊張をあたえた。会社を辞め、家庭を失って弛緩《しかん》していた心身が、久し振りに引き締まった。

松江はかおりの身辺に起きた二回の事件を、山上に報告すべきかどうか迷った。

いずれも松江が阻止しなければ重大な結果となったはずである。だが、まだ松江には自信が持てなかった。

あるいは偶然の事故が二回、連続しただけにすぎないのかもしれない。

松江は当分、警戒をつづけて事態を見守ることにした。敵の確認もせず、山上に曖昧《あいまい》な報告をすることはできない。

それから三日後の夜、また新たな事件が発生した。

仕事を終えて、ジムへ迎えに行った松江がかおりと共に梁山荘《りようざん》へ帰って来たとき、アパートの前に待ち伏せしていたらしい数人のグループが二人を取り巻いた。

彼らはかおりと松江を引き離すと、有無を言わさず、かおりを近くの路上に停めておいた乗用車に引きずり込もうとした。

「あんたら、なにをするつもりだ」

松江が怒鳴ったが、グループは一言も発せず、かおりを遮二無二拉致《らち》しようとした。

「助け……」

救いを求めようとしたかおりの口を、一人が馴《な》れた手つきで逸速《いちはや》く塞《ふさ》いだ。

松江が阻止しようとしたが、屈強な連中に羽交い締めにされて、かおりとの間を隔てられた。

松江は車に引きずり込まれかけているかおりに向かって、

「ベルを鳴らせ」

と呼びかけた。

かおりは松江の言葉を咄嗟《とっさ》に了解した。松江が山上からかおりの身柄を預けられてより、万一の場合に備えて、かおりに防犯ベルを持たせている。

彼女はそれを首にペンダントのようにかけていた。

正体不明のグループもかおりを女と侮って、油断があった。

かおりは暴漢の手を振り払うと、防犯ベルの爪を引き抜いた。けたたましい音が夜気をつんざいた。

「あっ、なにをしやがる」

凄《すさ》まじい音に襲撃グループは仰天した。音を消すためには、爪を元へ戻さなければならない。

だが、かおりは逸速く爪を暗い路上に投げ捨てていた。

「なんだ、なんだ」

梁山荘から人影が飛び出して来た。ちょうど居合わせた大木である。

ほっとした松江が、

「弁慶、かおりさんを救え。誘拐だ」

と叫んだ。

事態を察知した弁慶は、襲撃グループの中に猛然と突っ込んだ。

弁慶をただ一人と見て高をくっていたグループは、あっという間に叩《たた》き伏せられて、地上に伸びていた。

弁慶のあまりの強さに、彼らは唖然《あぜん》となった。

かおりはあわやというところで弁慶に救われた。

「その化け物にかまうな」

車内にいたリーダー格がグループのメンバーに声をかけると、地上に這《は》って呻《うめ》いている仲間を抱え起こして車に乗せ、這《ほ》う這《ほ》うの体で逃げ出した。

「あいつら、一体何者だ」

弁慶はまだ暴れ足りないように走り去った車の行方を睨《にら》んだ。

弁慶が救援に駆けつけてくれたので、窮地を脱した。

いまやかおりを狙っている者がいることは確定的である。かおりの被害妄想ではない。三度も偶然ということはあり得ない。

かおりの追手が実在することを確信した松江は、山上に報告することにした。

松江から報告を受けた山上は、驚愕《きょうがく》した。

「かおりが三回襲われたというのかね。そんなことはあり得ない」

山上は松江の報告が信じられないようであった。

「私がこの目で目撃しています。最初は建物の上から鉢植えが落下し、二度目はホームから危うく突き落とされかけました。そして三度目は、敵が姿を現わして、お嬢さんを拉致しようとしたのです。幸いに同じアパートの入居者が救援に駆けつけて、敵のグループを追い払い事なきを得ましたが、敵はこれからも襲って来るでしょう。お嬢さんの被害妄想ではありません。お嬢さんを狙っている者は実在します」

山上に報告した後、松江は梁山荘の六勇士に事情を話した。

「そういうことであれば、これから私たちが協力してかおりさんを守ろうではないか」

藪原が張り切った。

「あんなへなちょこ野郎が何人来ようと、おれが控えている限り、かおりさんには指一本触れさせない」

弁慶が息巻いた。

「また来るかしら」

弥生は半分好奇心、半分不安の色を面に塗って言った。

「それにしても、ちょっと解せないところがあるなあ」

近藤が小首をかしげた。

「解せないことって、なんですか、名探偵」

富田が近藤の顔を覗《のぞ》いた。

「鉢を落としたり、ホームから突き落とそうとしたりした敵が、三度目はアパートの前で待ち伏せて姿をさらした。どうも手口がちがうようにおもえる」

「私もその点を不思議におもっていました。たまたま弁慶さんが居合わせて撃退してくれましたが、アパートの前で待ち伏せていたのは解せない。待ち伏せするにしても、途中にもっと適当な場所がいくらでもあります。車を停めておいた場所も遠すぎます。もしかおりさんを本当に拉致する気があれば、車はもっとアパートの玄関の近くに停めておくべきでした。距離があったので、弁慶さんに追いつかれてしまったのです」

「弁慶さんに叩きのめされたのは、命令を受けた兵隊で、黒幕は背後に隠れているんじゃないのかね」

大町が意見を述べた。

「黒幕がいればなおさら、そんな拙劣な指示を出すとはおもえない」

近藤が言った。

「当分、かおりさんを外へ出さないようにしましょう」

かおりが襲われたことによって、七人の結束が固まったようである。

かおりは松江一人の窮鳥ではなく、梁山荘に飛び込んだ窮鳥の形になった。

人間の海を漂流している一隻《いっせき》のぼろ船に飛び込んで来たカモメと呼んでもよい。

松江から報告を受けた山上喜一郎は、直ちに樽井らを呼び集めた。

「おまえたち、なんということをしてくれたのだ。かおりに緊張感をあたえるためにデモンストレーションをしろと言っただけで、かおりの身体に危害を及ぼすような虞《おそれ》のあることはするなと、くれぐれも申し含めておいたではないか」

山上は激怒していた。

「お嬢さんの身体を害するようなことはしておりません。拉致する振りをしただけです。我々の演技が真に迫っていたので、おもわぬ邪魔が入りましたが、決してお嬢さんを傷つけたりはしておりません」

樽井が弁明した。

「ビルの上から鉢植えを落としたり、進行して来る電車の前にホームから突き落とそうとしたりするのは、かおりの身体を害する虞がないというのかね」

「鉢を落としたり、ホームから突き落とそうとしたりしておりませんが」

「おまえたちがそれをしなくて、だれがすると言うのかね。もういい。きみらには頼まん。なんのためにに今日まで養ってきておるのだ。きみらがこんな役立たずとはおもわなかったよ」

「私たちは誓って鉢を落としたり、ホームから突き落とそうとしたりしていません」

「わかった。もういい。今後、かおりの身体にかすり傷一つつけるようなことがあったら、絶縁する。このことは固く申し渡しておくぞ」

山上は汚物でも払い落とすように手を振った。

8

樽井らは這う這うの体で山上の前から下がって来た。

「絶縁とは恐れ入りましたね」

青田が言った。

山上の厳しい態度に、さすがの恐持《こわもて》のヤクザもまいったらしい。

いまやヤクザの資金源として麻薬や博奕《ばくち》や売春管理は、飲めない海水のようなものである。

ヤクザが生活していくためには興行、土建業、港湾事業など、合法事業を経営しなければならない。

組織が大きくなればなるほど、それを支える資金源を強化しなければならない。

このためには政治家や財界の庇護《ひご》が必要となる。政治の中枢と結んだ山上喜一郎の庇護は、樽井組の存続に関わるものであった。

絶縁はヤクザ社会では最も重い処分である。なにか不始末をしでかして当分の間、出入りを差し止められるのが失策中、これより重いのが除名、そして破門となる。

破門までは詫《わ》びが叶《かな》って復帰が許されることもあるが、絶縁には二度と復帰はない。

山上がヤクザ社会の処分の量刑を知っていて絶縁をほのめかしたのかどうかわからないが、その言葉は樽井らにとってはこたえた。

「素人に叩きのめされて、このままおめおめと引き下がっては、おれたちの面目が立たねえ」

樽井が口を歪《ゆが》めた。

樽井は弁慶に打ちのめされた屈辱を深く胸に刻んでいるらしい。

「面目が立たねえって、どうするつもりですか」

舎弟の大岡《おおおか》が樽井の顔色を探った。

「もちろんお嬢さんには手を出さねえ。だが、素人になめられたとあっては、今後、代紋（看板）を張っていけなくなる。お嬢さんの周りにいる取り巻きを叩け。本職のヤクザに逆らえばどんなことになるか、おもい知らせてやるんだ」

「素人とは言いますが、あの野郎は化け物ですぜ。空手かレスリングでもやっているにちがいねえ。あっという間に五、六人、叩きのめされてしまいました」

大岡がその場面をおもいだしたように言った。

「馬鹿野郎。化け物が手心を加えていたのがわからねえのか」

樽井は怒鳴った。

「手心を？」

「そうだよ。あいつが本気になっていたら、おれたちの命はなかった。本気にならなかったのが素人の甘さよ。堅気の喧嘩《けんか》は相手を殺そうとはおもわねえ。相手が戦意を失ったところで、喧嘩をやめる。だが、ヤクザの喧嘩は敵の息の根を止めるまではやめねえよ。そこがこっちのつけ目だ。二度と歯向から気を起こさねえように徹底的に痛めつけてやるんだ」

「山上社長の逆鱗《げきりん》に触れませんかね」

「社長も護衛は叩いてかまわんと言っている。被害妄想の娘に気つけ薬をあたえるために、おれたちを雇ったんだ。護衛を二度と腰が立たねえほど叩きのめしてやれば、これ以上の気つけ薬はあるめえが」

樽井が薄く笑った。

「それにしても、社長は妙なことを言ってましたね。ビルの上から鉢植えを落としたり、ホームから突き落とそうとしたり、まったく心当たりがねえ」

「社長は聞く耳持たねえといった様子だったが、おれたちが本当にそんなことをしたとおもっているんでしょうか」

青田と大岡が訝《いぶか》しげな顔をした。

「おれたちがしなければだれがするかと言っていたが、社長にしても、なかったことは言わねえだろう。実際に娘の頭の上に鉢が落ちてきたり、ホームから突き落とされかけたんだ」

「偶然じゃありませんか」

「たぶんな。それがつづいたもんだから、てっきりおれたちの仕業とおもい込んじまったんだよ。ヤクザがそんな手を使うかよ」

樽井は悔しげに言った。

再生の予感

1

六月下旬の深夜のことである。

アパート全棟が寝静まっている時間帯に、突然、

「火事だ」

という怒声が湧いた。ほとんど同時にガラスの砕ける音や、なにかが転倒する気配と共に、屋内に異臭が立ち込めた。

熟睡中を叩《たた》き起こされた松江勇作は、目を覚ますと同時に、本能的に危険を察知した。

屋内にはすでに煙が立ち込めている。

「かおりさん、起きろ。火事だ」

松江はベッドに眠っていたかおりを揺り起こした。

屋内は入居者が起き出した気配と共に、騒然となった。

咄嗟《とっさ》に身支度をしてかおりの手を引き、表の玄関口へ走ろうとした松江は、ふと妙な違

和感をおぼえた。

「かおりさん、こっちではない。裏口へ行こう」

松江は玄関口の手前で引き返した。廊下には濃厚な煙が充満して、視野がよく利かない。すでに火の手がまわっているのか、煙の色が赤かった。

二人は玄関の手前から引き返して、裏口の方角へ走った。廊下の途中で弁慶と鉢合わせをしそうになった。

「乾坤堂《けんこん》先生、どこへ行くつもりだね」

弁慶が問うた。

「表へ出てはいけない。よくわからんが、なにかが待ち伏せているぞ」

「待ち伏せ?」

そうこうしている間にも、赤い色煙が濃くなってくる。

弁慶は咄嗟に了解して、二人を先導する形で裏口へ走った。

廊下の裏手は非常口になっている。普段は使用されていない。

弁慶が空手で非常口のドアを叩き破った。裏口には入居者の姿も、騒ぎを聞きつけた野次馬もまだ見えない。

三人以外の入居者は玄関口へ避難路を求めたらしい。

「弁慶さん、表へ逃げた連中が気になる。私たちは大丈夫だ。表の様子を見てくれないか」

周囲に危険な気配がないのを確かめた松江は、弁慶に言った。

「了解」

弁慶はうなずいて、廊下を表の方へ引き返した。

表口の玄関前では火事騒ぎとはべつの騒動が発生していた。

火事の気配に驚いて飛び出して来た入居者を、表に待ち伏せていた暴力団風体のグループが片端から捕らえて、殴る蹴《け》るの暴行を働いていた。

偽医者、作家、露天商、もと刑事、ＡＶ女優等が次々に網にかかった獲物のように搦《から》め捕られ、袋叩きにされた。

「手足の一本や二本、折ってもかまわねえ。命に差し障りのない程度に痛めつけてやれ」

グループの首領格が命じていた。

「女がいますぜ」

「女は傷をつけずに生け捕りにしろ。連れ帰ってマワシにかけてしまえ」

リーダーの言葉に、襲撃グループはわっと沸き立った。

「なにするのよ。私をだれだとおもってるのよ。山瀬組の親分を知っているんだよ」

弥生のハッタリにグループは少しもたじろがず、

「上等じゃねえか。山瀬組の親分と兄弟分になれるんなら光栄だぜ」

弥生の言葉に、彼らはかえって勢いづいた。

五勇士のうち四人は叩きのめされて地上に這《は》っている。

弥生が襲撃グループの車に押し込まれそうになったとき、弁慶が引き返して来た。

「このあいだの連中だな。また懲りずにやって来たか」

弁慶は叫ぶなり、弥生を拉致《らち》しようとしていた男たちを瞬時のうちに叩き伏せた。

「出たぞ、先日《こないだ》の化け物が」

弁慶の出現にグループがたじろいだ。

「慌てるな。化け物は一匹だ。押し包んで搦め捕ってしまえ」

リーダーは落ち着いて命令を下した。

弁慶が出て来ることはあらかじめ予期していた。

グループは弁慶を中心に距離をおいて円陣を布《し》いた。弁慶以外の五勇士に対しては用いなかった木刀、日本刀、チェーン、棍棒《こんぼう》などの得物をそれぞれの手に構えている。弁慶は素手である。

「同時にかかれ」

リーダーの命令一下、かけ声と共にグループは一斉に弁慶に打ちかかった。

一拍早く、弁慶は右から来た襲撃者の手元に躍り込み、奪い取った木刀で正面の敵を打ち据え、左から打ちかかって来た敵の日本刀を打ち落とした。

その間に、背後の敵が振り下ろした棍棒が弁慶の肩に食い込んだ。

「それで打ったつもりか」

弁慶はにやりと笑って振り向くと、身体で受け止めた棍棒をいとも無造作につかみ取ると、おがらのようにへし折った。一瞬の間に四人が戦意を喪失した。

だが、その間に別働隊が松江とかおりの行方を探していた。

「易者野郎とプリンセスが消えています」

屋内のどこにも二人を発見できなかった別働隊がリーダーに報告した。

「よく探したのか」

「押入れやトイレの中まで探しましたが、いません」

「ほかに出口があるのか」

「裏口の戸が破れていました」

「しまった。そこから逃げたにちがいない。裏手にだれかまわしたか」

「裏口があるとは知りませんでしたので」

「馬鹿野郎。出口は表だけじゃねえぞ」

リーダーは罵《ののし》ったが、気を配らなかったリーダーの責任である。

そこへ四人を叩き伏せた弁慶が、立ち戻って来た。目指す二人を取り逃がしてしまっては、もはや弁慶と戦っても意味がない。リーダーは引き揚げを宣した。

襲撃グループは潮が退《ひ》くように退いた。屋内に立ち込めていた煙も薄くなっていた。

2

弁慶の奮闘によって、襲撃グループは撃退した。五勇士も軽い打撲傷程度で深刻なダメージを負った者はいなかった。

再三にわたる襲撃を弁慶に助けられてはね除《の》けた松江勇作は、六勇士を集めて今後の対策を協議した。

前回の襲撃を受けた後も、なお襲撃グループの狙いが不明で、かおりの被害妄想に一抹の疑惑を残していた。

だが、いまや疑惑は完全に払拭《ふっしょく》された。何者かがかおりを狙っていることは確定した。

露天商が、グループのリーダーが姫《プリンセス》と易者を探せと配下を督励している言葉をたしかに聞いていた。

「おじさま、どうして悪いやつらが表で待ち伏せしていることがわかったの」

かおりが問うた。

「火事だという声と同時に飛び起きて廊下へ出ると、煙が一面に立ち込めていたね。だが、その煙が少しも焦げくさくなかった。燃えている煙ではないとすぐにわかった。だれかが発煙筒を投げ込んだとすれば、なぜそんなことをしたのか。私たちをいぶり出そうとしている者がいる。みんなが逃げ出す表口に待ち伏せているにちがいないとおもったんだ。敵に裏をかかれれば危なかったが、そこまでの知恵者がいなかったのがラッキーだったというわけだ」

松江の解説に一同がうなずいた。

「彼らの目的がかおりさんにあることは明白になった。かおりさんが逸速《いちはや》く松江さんにエスコートされて現場から逃げてしまったと悟った彼らは、さっさと退散した。我々を表で待ち伏せていた連中も、我々を殺す気はなかったようだ。我々に脅しをかけているんだよ。これ以上、逆らうなとね」

近藤平一が言った。

「やつらはどうしてこんなことをするんだろうね」

富田銀平が問うた。

「我々の存在が邪魔なんだとおもうよ。どんな事情か知らないが、お姫様を追いかけている悪者たちが、お姫様の周囲に突然、変な護衛が七人も付いた。追手にしてみれば、よけいなお節介だ。自分の頭の上の蠅を追えと警告してきたんだよ」

大町半月が言った。

「警告にしては、ずいぶん荒っぽいね。弁慶が助けに来てくれなかったら、半殺しにされていたところだ」

藪原玄庵が首の根を撫《な》でた。

「私、マワされちゃうところだったわよ」

春田弥生が恐怖をよみがえらせたようである。

「その通り。今夜襲って来た連中は、前回の連中と同じグループだ。やつらは本物のヤクザだ。前回、弁慶に撃退されて面目を失墜した彼らは、むきになっている。ヤクザを怒らせると怖いぞ。幸いに彼らはまだ本気になっていない。リーダーが、手足の一本や二本折ってもかまわぬ、命に差し障りのない程度に痛めつけろ、と命令していたが、本気になっていたら、決してあんな命令は出さなかったはずだ」

「近藤さん、やつらはなぜ本気を出さなかったんだ」

富田が尋ねた。

「最近のヤクザは勘定高くなっているからね。素人相手に喧嘩《けんか》をして、負ければ面目が潰《つぶ》れるが、勝ってもなんの得にもならない。警察が介入してくるとうるさいことになる。それ以外の要素もあったかもしれないな」

「それ以外の要素とはなんだね」

大町が富田に代わって問うた。

「もしかすると、雇い主がいるかもしれない」

「雇い主？」

一同の視線が近藤に集まった。

「襲撃グループはかおりさんをプリンセスと呼んでいた。ヤクザが狙った獲物を、そんな呼び方をするかね。雇い主から釘《くぎ》を刺されているのかもしれない」

「雇い主って、半月先生が言っていた黒幕のこと？」

弥生が言葉を挟んだ。

「たぶん同一だとおもうが、少し揺れている部分もある。黒幕の指示にしては、前回の襲撃は拙劣であったし、鉢を落としたり、ホームから突き落とそうとしたりした手口と異なっている」

「私もその点を不思議におもっていました。もしかすると、かおりさんを狙っている者は複数ではないでしょうか」

全員の視線が松江に移った。

「今夜襲って来たヤクザグループとは別口が、かおりさんを狙っているような気がします。彼女の背後には、どうも複雑な気配が揺れているようにおもいます」

「私も揺れていると感じたのは、そんな気配だったかもしれない」

近藤が我が意を得たりと言うようにうなずいた。

「何者が狙っているにしても、敵はこのままでは終わらないはずです。必ずまたやって来る」

松江にはしきりに複雑な予感が蠢《うごめ》いていた。

「私が松江さんのお部屋に転がり込んで来たばかりに、皆様にご迷惑をおかけして申し訳ありません」

かおりが殊勝な顔をして詫《わ》びた。

「迷惑などとおもっていないよ。私はこの体験を小説に書くつもりだ。これからどんな連中が襲って来るのか。それをおもうとわくわくするね」

大町が言った。

「ここが、まあつひの栖《すみか》かとおもっていたが、きみが来てから、なんだか面白くなってきたよ。腕の一、二本折られても、私がついている」

藪原が言った。

「もしマワされちゃったら、膜を張り替えてくださる」

弥生が言ったので、皆がどっと笑った。

「おれがついている限り、指一本触れさせないから安心しな」

弁慶が樽《たる》のような胸をどんと叩《たた》いた。

「これまでの人生を犯罪と戦ってきたが、世の中から犯罪は少しも減っていない。むしろ犯罪が増えているのに、定年と同時にもういいよと放り出されて、人生の目的がなくなってしまったような気がしていたところだった。姫が来てから、また新しい目的が生まれたような気がするよ」

近藤が言った。

「おれは新しい生き甲斐《がい》ができたような気がするぜ」

富田が近藤の尻馬《しりうま》に乗った。

かおりを中心にして、梁山荘《りようざん》の住人たちが活性化したようである。

この都会の人間の吹き溜《だ》まりのようなおんぼろアパートに、かおりを核《コア》にして不思議な生気がみなぎってきた。

吹き溜まった落ち葉には、もはや生気はない。これ以上どこにも行き場のない人間の吹き溜まりであり、人生の終焉《しゆうえん》の地と定めた場所が、もう一度やり直してみようかという再生の地になりそうな予感が揺れ始めていた。

終着駅は新しい列車の始発駅にもなり得る。

彼らは見知らぬ乗客同士が身を寄せ合うようにして、新しい列車に乗り込むような緊張をおぼえていた。

姫の軌道

1

入江牧子は管轄区役所の住民基本台帳には住民登録されておらず、受け持ち交番の巡回連絡には緊急連絡先として三松正子の名前と住所が記入されてあるのみであった。巡回連絡には強制力はなく、また交番の巡査は住民案内簿に記入された内容を、区役所の住民基本台帳と照合しない。

入江牧子の居室が捜索された。

「メゾンアルハンブラ」とご大層な名前が付いているが、レンタルマンションである。三階建てのコンパクトな建物で、ワインレッドの瀟洒《しょうしゃ》な外観は、いかにも若い女性が好みそうである。

彼女の居室は三階の棟末三〇六号室で、二DKの内部は独り住まいには充分なスペースである。

六畳は寝室、テラスに面したカーペット敷きの八畳が居間。計算された位置にテレビ、ステレオ、家具、什器《じゅうき》等が配され、いかにも住み心地よさそうに工夫されている。だが、男のにおいはないようである。

寝室の整理箪笥《だんす》の中には現金約十万円、宝石、貴金属、アクセサリー類、および残高約二千万円の預金通帳が残されていた。

また冷蔵庫の中には卵、肉、乳製品、果物、トマト、キュウリ、その他の野菜等、買って間もない生鮮食品が収納されていた。

ビデオには数日先に放映予定のテレビドラマが予約されていた。

捜査員は特にメモ、郵便物、アルバム等に注意して捜索した。

部屋の主は日記をつける習慣がなかったらしく、メモ帳には日付欄に予定が簡単に記されているだけであった。

カメラもアルバムもなく、人からもらったらしい数十枚の写真が、未整理のまま保存されていた。いずれも店内やパーティ会場で撮影されたらしいスナップである。

だが、これらのスナップの中に犯人の姿が写し込まれているかもしれない。

郵便物はほとんどダイレクトメールであった。その中に十数枚の古い年賀状があった。郵便物を調べていた棟居は、石川県羽咋《はくい》市在住の入江陽一《よういち》という人物から送られた数通の年賀状を見つけた。

同姓であるところを見ると、親戚《しんせき》か兄弟かもしれない。

「こんなものがありましたよ」

共に捜索に当たっていた代々木署の菅原《すがわら》刑事が、化粧台の引き出しからなにかをつまみ上げた。

「なにかありましたか」

棟居が菅原の指先を覗《のぞ》き込んだ。

「避妊具ですよ、女性用の」

「避妊具……」

「一部、使用されています。やっぱり男がいたんだな……」

アダルトの銀座の女性であるから、男がいても不思議はない。だが、彼女の居室には菅原が発見した避妊具以外には、男のにおいはまったくなかった。

男がいたとしても、その存在を秘匿していたのである。

居室に男の痕跡《こんせき》がなかったところを見ると、居室には男を引き込まなかったようである。

入江牧子が避妊具を使用したパートナーは単数か複数か不明であるが、彼女の不慮の死後、身許《みもと》が判明しても名乗り出てこなかった。

NTTに問い合わせて、年賀状の差出人の電話番号を確かめた棟居は、早速連絡を取った。

入江陽一は被害者の兄であった。彼は妹が殺されたことを知らなかった。

「兄妹といっても、年一回、年賀状を出すだけの他人同然ですから、突然、遺体を引き取れと言われても困ります。そちらで適当に処分していただけませんか」

入江陽一は電話口で露骨に迷惑そうな声を出した。

「適当に処分と言われましても、ご遺族のいることが判明しているのに、無縁墓地に葬るわけにもまいりません。それに遺品もありますので」

「遺品……どんな遺品ですか」

棟居の言葉に、相手の声が興味を持った。

「家具や衣類……それに宝石、貴金属類と、残高約二千万円の預金があります」

「二千万円の預金」

相手は束の間、電話口で絶句した。

「いかがしますか。遺体の引き取り手がないと、無縁仏として葬らなければなりませんが」

「その場合、遺品はどうなりますか」

「国庫に納めることになりますね」

「妹が無縁仏として葬られるのは、兄として忍びません。私が引き取ります」

二千万円の預金と宝石があると聞いて、他人同然がにわかに〝兄として忍びない〟になった。

翌日、駆けつけて来た入江陽一によって、解剖後、病院のモルグに保管されていた入江牧子の遺体が確認された。

入江陽一が語ったところによると、牧子は地元の高校を卒業後、歌手に憧《あこが》れて上京し、そのまま東京に居ついたという。

「のど自慢で鐘を三つ鳴らしてから、すっかり天狗《てんぐ》になって、みんなが引き止めるのを振り切って上京してしまいました。その後、一、二度帰省しましたが、両親が相次いで死んでからは音信も途切れ途切れになって、最近では年賀状もよこさなくなっていました。いまに大歌手になって、故郷に錦《にしき》を飾ると大見得を切った手前、郷里の敷居が次第に高くなったんだとおもいます。その後、歌手としてデビューしたという話も聞かないので、どうせろくなことはやっていないだろうとおもっていましたが、まさか殺されたとは知りませんでした。

上京前にどんなことをしても引き止めていれば、こんなことにならなかったでしょう」

入江陽一はつくった涙声で言った。

「入江牧子さんが殺されたことについて、お兄さんはなにか心当たりがありませんか」

遺体の確認後、棟居は問うた。

「心当たりなどあるはずがないでしょう。この数年、まったく没交渉だったのですから」

「上京前に妹さんが特に親しくしていた男性はいませんでしたか」

郷里で親しかった男と東京で再会して、関係が復活したということも考えられる。あるいは同郷という共通項から、東京で親しくなった可能性もある。

「学生時代は、特に親しくしていた男はいなかったようです」

入江陽一はにべもなく首を振った。

結局、居室の捜索と実兄の事情聴取からは、犯人に結びつくような手がかりはなにも得られなかった。

捜査は立ち上がりから難航の兆しを見せた。

2

その後、しばらく平穏無事な日がつづいた。

とりあえず六勇士と松江の部屋を結んで防犯ベルを取りつけたが、それを使用する機会はなかった。

人間は常に緊張していられるものではない。梁山荘《りようざん》の入居者たちも無事に馴《な》れて、いつの間にか構えを解いていた。

六勇士も常にかおりの身辺に張りついているわけにはいかない。

大町半月はせっせと売れる当てもない小説を書き、富田銀平はあちこちの盛り場に露店を張り、この業界でコミセと称されるデンネキ（綿菓子）、ネキ（飴《あめ》）、ビンコロ（ラムネ）、オコノ（お好み焼き）、オチャモ（玩具《がんぐ》）、セルメン（お面）、スイチカ（ヨーヨー風船）、アナチョコ、モロコシ、タンポ（きりたんぽ）、シブ（甘栗）、チンピ（唐辛子）など、怪しげな品物を売った。時には縁日・祭礼や花火大会、盆踊りなどを狙って、地方へも出かけて行く。

大木弁慶はジム通いに忙しい。

藪原玄庵は寝たきり老人の巡回や、患者の往診に席の温まる暇《いとま》がない。医師免許を取り上げられ、医療行為を禁じられているが、彼に寄せる患者の信頼は絶対である。

春田弥生はアダルトビデオの売れっ子として引っぱりだこになっている。

近藤平一は、あるホテルの警備員として隔日に出勤している。

かおりは弁慶のジムの総務係を務めている。

ジムには弁慶の名声を慕って入門して来る若者が多く、常時、多数の人間が出入りしている。将来、有望な若者にはコーチが付いて、みっちりと仕込む。

ジムにはシャワーやバス、リングのコーナーにまで水道が引かれてうがいができる設備もある。各種トレーニングやボディビルの機器のメンテナンス、物品の購入、選手の健康管理、試合日程のスケジュール、経理など、ジム運営上の雑務が山積している。

かおりはここで意外な事務能力を発揮した。彼女はたちまちジムのアイドルとなると同時に、ジムを支える強力な戦力となった。

かおりは梁山荘に来てから別人のように、生き生きとなった。これまで偉大な父親の庇《ひ》護《ご》の下に霞《かす》んでいたかのような彼女が、新たな生命《いのち》を吹き込まれたようである。

梁山荘以前は、父親が敷いた軌道の上に否も応もなく乗せられた人形にすぎなかった。梁山荘では自分が敷いた軌道の上を、自分の意志で走るようになった。

「私を姫と呼ぶのはやめてください。私はもうお姫様ではありません」

かおりは入居者たちに宣言した。

彼女は自分の意志で生きる喜びを知った。

いずれも以前はべつの人生を歩いていた者が、このアパートに申し合わせたわけでもなく、寄り集まって来た。

それぞれべつの樹木に繋っていた葉が、風にさらわれて吹き溜《だ》まったように、このアパートに集まった。

彼らに、以前にどんな生活史があったか、噂だけで詳しいことはわからない。

過去を特に秘匿しているわけでもないが、自ら語ろうともせず、たがいに詮索《せんさく》もしない。下町的な寄り集まった人肌の温《ぬく》もりがありながら、都会的にクールな交際を保っている。

そんな生活環境が居心地よくて、六勇士は腰を落ち着けているようである。

松江にかくまわれてから、かおりの被害妄想は治ってしまった。皮肉なことに、被害妄想が治ると同時に、それが妄想ではなかったことが確かめられた。

松江は一見平穏無事であるが、凶悪な気配がどこからか凝《じ》っと狙っているのを感じ取っていた。気配の正体は不明であるが、何者かがかおりを狙っている。それも複数の気配である。

いま、束の間、鳴りを潜めているが、必ずふたたび凶悪な牙《きば》を彼女に向けてくるであろう。

松江は易を始めるようになってから、自分の五感が研ぎ澄まされてくるのを感じていた。その五感に、かおりをめぐって凶悪な気配が煮つまってくるのをおぼえる。

超能力というようなものではなく、多数の人生を占っている間に、おのずと身についた反応のようなものであろう。

松江はかおりに、くれぐれも身辺に気をつけるように忠告した。

梁山荘に来てから、彼女の被害妄想が治ったことが、敵に乗ぜられる油断を生む。松江にはそれが気がかりであった。

「おじさまは心配性よ。おじさまはじめ弁慶さんたちがガードしてくれているのに、なにを心配することがあるの。もう彼らは来ないわよ。弁慶さんに痛い目に遭わされて、懲りてしまったにちがいないわ。私の被害妄想がおじさまに伝染しちゃったわね」

かおりは松江の忠告を笑って、取り合わなかった。

「きみの被害妄想でなかったことは、何度も襲撃を受けて、よくわかっているはずだろう。きみを狙っている者は実在するんだ。敵は決してあきらめていないよ。くれぐれも注意しなければいけない」

「私を狙っている者がいるとしても、もうそんなものは怖くもなんともないわ。おじさまや弁慶さんや、みんなが守っていてくださるんですもの」

「私も弁慶もみんなも四六時中、きみに張りついているわけではない。決して油断をしてはいけないよ」

かおりの身辺に危険がなくなれば、松江が彼女をかくまう必然性も失われる。

大財閥の令嬢がおんぼろアパートに、ドロップアウトした中高年の男と同居しているのは不自然である。

だが、かおりは梁山荘の居心地がよいらしく、決して出て行こうとしなかった。

当初、松江は飛び込んで来た窮鳥が束の間、翼を休めているとおもっていた。活力を取り戻せば、ふたたび松江の手の届かない大空に飛び立って行ってしまう。

窮鳥というよりは、彼女は天女である。たまたま地上の松江の許《もと》に羽衣を脱いで休んだのだ。彼女とはしょせん住む世界が異なる。

だが、かおりと一緒に暮らす間に、いつの間にかかおりのいる生活が定着してしまった。彼女をかくまったつもりが、彼女なしでは生きていけなくなっている。

かおりから被害妄想癖が伝染したと笑われたが、彼女の安全が完全に保証されたときは、松江の許から去って行くときである。

かおりをいつまでも手許に留《とど》めておくためには、彼女の身辺に常に危険が存在する必要がある。松江は無意識のうちに、かおりに危険がつきまとうことを願っていた。その事実に気づいた松江は、愕然《がくぜん》とした。

かおりを保護すべき者が、彼女の危険を願っている。自分の邪《よこしま》なおもわくに気づいた松江は、

「もしかすると、本当にきみの被害妄想がうつってしまったのかもしれない。もしそうだとすれば、これ以上、きみがぼくのところにいる理由はない。お父さんの家へ帰ってはどうかね」

と彼女を失う寂しさに耐えて勧めた。

「おじさま、私が邪魔なの」

かおりは悲しげな顔をして問い返した。

「邪魔なはずがあるもんか。もしぼくの被害妄想であれば、これ以上、きみがここにいる必要はない」

「もしお邪魔でなければ、置いてください。私、ここへ来て、本当に生きている手応《てごた》えを感じたのです。もう人形の家へ帰る気はありません。もしおじさまがご迷惑だとおっしゃ

るなら出て行きますが、父の許には帰りません」

「お父さんの家に帰らず、どこへ行くつもりだね」

「わかりません。たとえコールガールをしてでも、人形になるよりはましだわ」

「なんてことを言うんだね。きみは身体を売るということがどんなことかわかっているのか」

「強制でないことは確かね。私自身の意志で売るんだからかまわないでしょ。もっとも買い手があってのことだけれど」

かおりはいたずらを含んだような目で笑った。その目が松江には挑発しているように見えた。

意志のない人形として飾られていた父の家から脱出したかおりは、いま一人の人間として、人間の海を泳ぎ始めている。

そのために身体を売る是非は保留するとしても、売ること自体は自分の意志である。深窓の令嬢らしからぬ大胆な発想であった。

だが、手厚く保護された箱入りであるからこそ、安易にそのような発想も出るのかもしれない。

安易ではあっても、厚い箱の中で人形として生きるよりも、自分を切り売りしても自分の意志で生きていきたいという強い姿勢が感じられる。その姿勢は尊重しなければなるまい。

かおりが松江と同居するようになってから、早くも半年が過ぎかけていた。かおりは完全に梁山荘の住人になっていた。

新たな入居者は、松江とかおりを父娘とおもっているようである。中には年齢《とし》のちがう夫婦とおもっている者もいるかもしれない。

二人はあえて、彼らの勘ちがいを訂正しようとはしなかった。

五十代にさしかかったばかりで、まだ充分男の凝脂を残している松江にとって、二十二歳の大学を卒業したばかりの若さに溢《あふ》れた瑞々《みずみず》しい女性と共に暮らすのは、めくるめくようなものがあった。

すでに人生の第一線から退き、妻からも愛想をつかされてしまった松江にとって、かおりとの生活は奇跡のようであった。そして日々、奇跡を更新している。天女が気まぐれに羽衣を脱いで、一時、地上に憩うている。いつ天上に舞い戻るかわからない。また、いつ舞い戻られても文句を言えない。

十二月に入って二十日、梁山荘恒例の忘年会が開かれた。会場は藪原の患者の小料理屋である。

出席者は七勇士にかおり、それに新入居者の有志が数人と、弁慶の弟子が数人である。藪原の患者が出血大サービスの料理を振る舞い、春田弥生がファンから寄贈されたという大量の飲み物を持ち込んだ。

忘年会のレギュラーメンバーは、いずれも芸人や役者であった。

弁慶は体型に似合わず、艶《つや》のある声の持ち主で、坂本冬美や桂銀淑《ケイウンスク》の女歌を披露して、やんやの喝采《かっさい》を浴びた。

近藤は渋い喉《のど》の持ち主で、三波春夫一辺倒である。特に「チャンチキおけさ」は人生の裏面を見尽くしてきた彼ならではの深みのある歌いぶりで、一座を圧倒した。

大町は詩を吟じ、富田は酔うほどに落語を披露した。彼の落語は駄洒落《だじゃれ》の連発で、たとえばフランス人の背負うリュックはなんだ、バルザック。とか、ここで煙草を吸ってもよろしいか、白鳥（スワン）といった類《たぐ》いである。

宴たけなわになったところで、藪原が浪曲を唸《うな》り出す。

松江も負けてはいない。現役時代の会社の宴席で鍛えた喉で、芸達者たちと渡り合った。

圧巻は春田弥生である。彼女はカンツォーネを歌った。朗々たる美声で、「アリベデルチ・ローマ」や「サンタルチア」を歌うと、一座だけではなく、他の客までが聴き惚《ほ》れた。

「かおりさんもなにかやってくれ」

と所望されて、かおりが恥ずかしげに立った。

固唾《かたず》を呑《の》むようにして待っている一同の前で、彼女はオペラを歌いだした。

圧倒的な声量で歌った「フィガロの結婚」のアリアの一つは、プロのオペラ歌手が真っ青になるほどの堂に入った歌いぶりであった。

「なんだか国立劇場かサントリーホールにいるような気がするな」

盛大な拍手の中で、大町が言った。

アンコールのリクエストに、ふたたび歌い始めたのが演歌の「夜桜お七」である。その絶妙な対照に、一同はまた沸き立った。

あとは入り乱れてのカラオケ大会となった。

新入居者や弁慶の弟子たちも負けてはいない。それぞれが歌い込んだ手持ちの歌を披露して、喝采を集めた。

ようやく宴がお開きとなって、一同は連れ立って梁山荘へ帰りかけた。

小料理屋を出たときは群がっていたのが、途上ばらけてきた。

先頭グループに弁慶たちが行き、中央に弥生らが一群となり、最後尾に松江とかおりがつづいた。

この数日、暖かい日がつづき、初冬の夜気が忘年会の興奮に火照《ほて》った身体に快い。

「かおりさんのオペラには驚いたな。歌手として充分やっていけるんじゃないのかい」

松江はかおりの歌を賞賛した。

「私の歌なんか駄目よ。お金を取ることを目的にしていないから、いつまでたってもお嬢様芸を出ないの」

かおりは恥ずかしげに謙遜《けんそん》した。

「どんなプロでも、最初は素人から出発している。プロを目指して磨いたら、きみは必ずオペラ歌手として大成するだろう」

「おだてないでください。その気になったら困るわ」

松江に持ち上げられて、彼女も悪い気はしないらしい。

梁山荘が視野に入った。そのとき、松江は闇の奥から飛来する凶悪な気配を本能的に感じ取った。

「危ない」

声を出すのと、かおりを突き飛ばしたのがほとんど同時であった。

突然、松江に突き飛ばされた空間に、一瞬の差で凶悪な殺傷力を秘めた物体が凄《すさ》まじい速度で通過した。

松江が察知するのが一拍遅れていれば、確実にかおりに命中したはずである。

何者かが闇の奥からかおりを狙撃《そげき》したのである。

「どうした。なにがあったんだ」

ただならぬ気配を聞きつけた弁慶たちが、駆け戻って来た。

「あっちだ。かおりさんに銃をぶっ放したやつがいる」

すわとばかり、弁慶の弟子たちが銃声のした方角に向かって走り出した。

「気をつけろ。敵は銃を持っているぞ」

弁慶が注意したが、弟子たちは銃など少しも恐れていないようである。

「かおりさん、大丈夫か」

弁慶は真っ先にかおりの安否を問うた。

「大丈夫よ」

と震える声で答えたものの、しばらく恐怖に打ちのめされて歯の根が合わない。

敵がかおりを狙撃したのは明らかであった。闇の奥に隠れて、凝《じ》っとかおりが通りかかるのを待ち伏せていたのであろう。

間もなく弟子たちが虚《むな》しく引き返して来た。狙いを外した敵は、弟子たちが駆けつける前に逸速《いちはや》く逃げ去ってしまった。

銃声も付近の家のテレビの音にまぎれて、その源を正確には突き止められない。

しばらく鳴りを静めていた敵が、ふたたび凶悪な牙《きば》を突きつけてきた。

これまでの鉢を落としたり、ホームから突き落とそうとしたり、二回にわたる襲撃に比べて、必殺の意志を銃器にこめて狙撃してきた。

さしもの弁慶以下、七勇士の護衛も、銃器の前には無力である。

とりあえず警察に届け出たが、警察の現場検証によっても、発射された弾丸を回収できなかった。警察は本当に銃器で狙撃されたのかどうか、懐疑的な様子であった。

たしかに一同が聞いた異常な音が、銃声であったかどうかは確認されていない。近所のテレビの音であったかもしれない。

だが、松江は一発必中の狙撃弾を本能的に察知し、かおりも危うく身体をかすめるようにして飛び去った凶悪な気配を実感している。

弁慶たちが駆け戻って来たのも、テレビの音とはちがう異常な気配を聞き分けたからである。

「私がかねてから予告していたように、敵は再三、かおりさんを狙ってきた。しかも、凶器としては最悪のものを持ち出してきた。これまでのような護衛では守りきれないとおもう」

警察の事情聴取に応じた後、松江は六勇士を集めて今後の対策会議を開いた。

「かおりさんに防弾チョッキを着せて、ヘルメットを被《かぶ》せてはどうか」

富田が真顔で提案した。

「かおりさんに四六時中、そんな恰好《かっこう》をさせるわけにはいかないよ。それに、犯人は真っ昼間、街中で狙うようなことはあるまい。危険なのは、夜間や人家の途切れた寂しい場所にいるときだ。当分の間、つとめてそういう場所へ行かないようにした方がいい。そして、なによりもまず敵の正体を突き止めることだ。だれが、なぜ、どんな目的で、かおりさんを狙っているのか。それが確かめられないことには、対策の立てようがない」

近藤が言った。

「しかし、かおりさんは狙われるような心当たりがないと言っているが」

松江が口を出した。

「本人に心当たりがなくとも、本人の知らない理由が潜んでいるのかもしれない。父上の話によると、かおりさんは被害妄想癖があったそうだが、いまは妄想ではないことがはっきりしている。父上はかおりさんの被害妄想の原因が、母親を失ったショックにあると言っていたね。しかし、本人も意識しないそれ以外の原因があったのかもしれない。被害妄想は妄想ではなく、潜在意識に蓄えられた実在する理由から発しているのかもしれない」

近藤が分析した。

「かおりさん、よくおもいだすんだ。あなたの過去に、犯人から狙われるような理由が隠れているかもしれない。それをおもいだすんだよ」

松江はかおりに言った。

「私、他人《ひと》から狙われるようなことはなにもしていません。でも、だれかが私を狙っています。その気配だけがわかるのです」

かおりは途方に暮れたように言った。

「そう言えば、あなたが私の許《もと》へ救いを求めて来たとき、家にもあなたを狙っている者がいると言ったね。それはだれのことだね」

松江に問われて、かおりは口を閉ざした。

「家の中にあなたを狙う者がいるとすれば、まず父上と家族ということになるが、父上が娘を狙うはずがない」

「すると、家族か使用人ということになるが……」

「言いたくありません」

かおりは唇を真一文字に嚙《か》みしめた。家庭に複雑な事情があるらしい。

彼女を狙う敵が、彼女の家庭から発しているとなると、尋常ではない。

山上喜一郎からかおりの偽装《プリテンド》の護衛を依頼されたが、山上が真剣に松江に対してそのような依頼をしたのであれば、山上自身、彼の家庭からかおりを狙う者の動機が発していることを知らないのであろう。

また、山上が松江に対して嘘をついたとも考えられない。

山上がかおりの命を狙っている者がいることを知っていたなら、松江などに偽装の護衛を頼まず、プロのボディガードを付けたはずである。

「敵が鉄砲を持ち出しても大砲を向けても、いまさら後へは退《ひ》けないわ。梁山荘七勇士の意地にかけても、やってやろうじゃないのさ」

弥生が言った。

「そうだ」

すさかず弁慶と富田が和した。

「面白いことになってきよったわい」

大町がにやにやした。

「闇夜の鉄砲は防ぎようがないが、まためったに当たらない。真っ昼間から襲ってくることもなかろう」

藪原が言った。

かおりの狙撃事件によって、七勇士の結束がさらに固くなった観があった。

姿なき敵に対して、かおりを護衛する意志を再確認したものの、対策会議によって具体的な防衛策は出なかった。

当分の間、夜間の外出は禁止、かおり一人の外出も控えるということで意見の一致をみただけである。

翌日、松江は田園調布の山上邸へ、山上喜一郎に会いに行った。

忙しい喜一郎が松江の面会申し込みに、直ちに応じてくれた。

前回通された日本庭園を望む応接間に請《しょう》じ入れられて、待つ間もなく、着流しの喜一郎が姿を現わした。

「やあ、娘がいろいろとお世話になりますな」

天下の山上喜一郎も松江の前には低姿勢である。

「そのお嬢さんの件で、本日は参上しました」

松江は喜一郎の顔色を探りながら言った。

この度の狙撃《そげき》の動機が喜一郎の家の中から発し、喜一郎がそれを知っているかどうか観測したのである。

彼の表情にはなんの反応も表われない。

「実は昨夜、お嬢さんが何者かに狙撃されました」

「なんですと……」

悠揚として迫らざる厚みのある喜一郎の顔色が改まった。

松江は昨夜発生した狙撃事件の一部始終を、詳しく報告した。

「私が一瞬、察知するのが遅かったならば、危ないところでした。かおりさんの被害意識は妄想ではなく、実在します。何者かがお嬢さんを確実に狙っています。犯人が銃器を持ち出してくると、私の護衛では歯が立ちません。かおりさんに狙撃者の心当たりがないか尋ねましたところ、ないという答えでしたが、彼女が私に救いを求めて来たとき、家の中にも自分を狙っている者がいると言ったことがあります。お父さんにはそのような心当たりはありませんか」

松江は喜一郎に、一直線に問うた。

喜一郎の顔色が動いた。彼は松江の質問に明らかに反応した。

「ただいま申し上げるわけにはいきませんが、家庭内に複雑な事情がありましてな、あの娘がそのようにおもいこんでいるのでしょう」

一拍おいて、喜一郎が答えた。

「このような事件が起きましては、お嬢さんの安全に対して責任が持てません。ここはひとまず、かおりさんをお返ししたいとおもうのですが、彼女は帰りたがりません。無理やりに帰そうとすれば、家出をしかねない様子です」

松江は、身体を切り売りしても人形の家には帰りたくないと言ったかおりの言葉を喜一郎に伝えようとおもったが、喉元《のどもと》で堪《こら》えた。

かおりが銃で狙撃されたという報告は、喜一郎に衝撃をあたえたようである。

「狙撃者は本当にかおりを狙っていたようでしたか。あるいは単なる威嚇射撃にすぎなかったのではありませんか」

最初のショックを意志の力で抑えた喜一郎は問うた。

「威嚇射撃とは考えられません。弾丸は彼女の身体をかすめるようにして飛来しました。私がお嬢さんを突き飛ばすのが一瞬遅れていれば、確実に命中したはずです」

「警察には届けたのですか」

「届けました。しかし、現場検証によっても弾丸は回収されず、警察は狙撃の事実を疑っているようです」

「わかりました。あなたはかおりの命の恩人です。なんとお礼申し上げてよいか、言葉もございません。狙撃者については多少の心当たりがないでもありません。今後、このようなことは二度とないでしょう。

かおりを無理に屋敷に連れ戻して監禁するわけにもまいりません。ご迷惑でしょうが、あなお当分の間、かおりを預かっていただけませんか。あの娘の様子を垣間見《かいまみ》ていると、あなたに預けてから本当に楽しそうに生き生きとしています。父親でありながら、あの娘があんなに楽しげにしていたのを見たことがありません。

せっかくつかんだ彼女の幸せを、親の私にも奪う権利はありません。かおりの安全については私が責任を取りますから、もう少しあの娘を預かっていただきたい」

喜一郎は松江の前に、膝《ひざ》を屈するようにして頼んだ。

松江が予感したように、家庭内に複雑な事情があるらしい。松江としても、もはやかおりなしの生活はできなくなっている。

喜一郎の委嘱は、松江にとって勿怪《もっけ》の幸いであった。

3

松江が辞去した後、山上喜一郎は樽井組の樽井らを屋敷に呼び集めた。

なにごとかと雇い主の非常招集に押っ取り刀で駆けつけて来た樽井らは、喜一郎の形相を見てたじろいだ。喜一郎は激怒していた。

「おまえら、何度言ったらわかるんだ。かおりに適度な恐怖や不安をあたえろと言ったが、銃で狙撃しろとは言わなかったぞ」

喜一郎の額には青筋がうねっている。

樽井らは、喜一郎の言葉の意味が咄嗟《とっさ》にはわからなかった。

「幸いにエスコートしていた易者が気づいて、かおりを突き飛ばしてくれたから助かったものの、易者が居合わせなければかおりに命中していたはずだ」

「社長、ちょっと待ってください。私らにはなんのことかさっぱりわかりませんが」

ようやく樽井が反問した。

「とぼけるな。おまえらが面白がって、かおりを威嚇しようとして撃った弾が、危うくかおりに当たるところだったんだ」

「社長、私たちはお嬢さんを銃で撃ったりしていません」

樽井が抗弁した。

「おまえらが撃たなくて、だれが撃つと言うんだ。すでに鉢を落としたり、ホームから突き落とそうとした前科があるおまえらではないか。おまえらにデモンストレーションを頼んだのは、わしの過ちであった。もういい。依頼は取り消す。今後一切、かおりに手出しをしてはならぬ。おまえらの出入りは差し止める。以後、山上グループと樽井組は一切関わりない。帰れ」

喜一郎は汚物でも払いのけるように手を振った。

「社長、なにか勘ちがいされておられるのではありませんか。私らは天地神明に誓って、お嬢さんを狙撃していません」

「おまえらに天地神明に誓われては、神様が迷惑するよ」

喜一郎は鼻先で笑った。取りつくしまがなかった。

樽井らは這《ほ》う這《ほ》うの体で山上邸から退散した。

「組長、これは一体どういうわけなんで」

帰路、青田が問うた。

「おれにもさっぱりわからねえよ」

「社長、だれかが姫を狙撃したのを、てっきりおれたちの仕業とおもい込んでいるようでしたね」

大岡が口を挟んだ。

「どうやらそうらしいな」

「一体、だれが姫を狙撃したのですか」

青田が問うた。

「そんなことをおれが知るか」

「しかし、社長、こちらの言い分に聞く耳を持ちませんでしたぜ」

青田が言った。

「出入りを差し止めると言っていたな」

「つまり、絶縁ということですか」

大岡が樽井の顔を覗《のぞ》き込んだ。

ヤクザにとって絶縁は最も重い処分である。

「簡単に絶縁されてたまるものか。向こうが絶縁したつもりでも、こっちは絶縁させねえよ」

樽井が不気味な笑みを浮かべた。

「それはどういうこって？」

青田と大岡が樽井の面に視線を集めた。

「おれたちを番犬のようにこき使い、さんざん汚《きたね》え仕事をさせやがって、いまさらお払い箱にされてたまるか。だれかが姫を狙撃して、おれたちの仕業だとおもい込むなら、本当にやってやろうじゃねえか。デモンストレーションだって……笑わせちゃいけねえよ。ヤクザにいったんものを頼んだらどういうことになるか、おもい知らせてやる」

樽井が奥歯をきりきりと噛《か》み鳴らすようにして言った。

「すると組長、これからも姫にデモをつづけるつもりで……」

「デモじゃねえ。本気で狙え」

「そうだよ。山上はあのお姫様を目ん玉に入れても痛くねえように可愛がっている。これまでは本気にならなかったので素人に譲ったが、今度はそうはいかねえ。本気で狙え。誘《ツ》拐《レ》て、輪姦《マワシ》にかけてしまえ」

「そいつは過激ですね。山上グループ総帥のお姫様をツレて、マワシにかけて本当にいいんで……」

青田と大岡は半信半疑のようである。

「本気でやれ。おまえらにもすそ分けをしてやる。山上グループ総帥のお姫様がどんな味をしているか、味わってみてえとはおもわねえか」

「おもいます、おもいます。本当のことを言いますとね、あんな上玉と一度でいいからお手合わせ願えれば死んでもいいとおもっていたくらいで」

「馬鹿野郎、一度と言わず、何度でもマワシてやるよ。死んでもいいなどと言うな。女に死ぬ死ぬと言わせてやれ」

樽井の表情が引きつって、酷薄な笑みを浮かべた。

一誠会の最も凶暴な戦闘集団樽井組の、悪田《わるだ》と渾名《あだな》された青田らが凶暴な牙《きば》を剝《む》き出して、これまでの雇い主に向けようとしていた。

4

山上喜一郎に会って、狙撃《そげき》事件の報告をした松江は、ある心証を得た。

喜一郎は前妻、すなわちかおりの生母を数年前に病気で失い、その後、後妻を迎え、後妻との間に男の子をもうけている。

つまり、いまの喜一郎の妻とかおりとはなさぬ仲である。この辺に複雑な事情が潜んでいるようである。

松江は梁山荘に帰って来ると、近藤に会った。

「山上喜一郎の後妻の身辺を少し探っていただけませんか」

「後妻になにか怪しい気配でもあるのかね」

「私の憶測にすぎませんが、後妻の子供とかおりさんは山上喜一郎に対して、同一順位の相続人となります。もしかおりさんがいなければ、後妻の産んだ子が、後妻と折半して喜一郎の財産を相続することになります。つまり、後妻母子で独占できる。しかも、山上グループの御曹司《おんぞうし》として後継者の位置に立てます」

「なるほど。松江さん、いいところに目をつけたよ。かおりさんは家にも彼女を狙っている者がいると言ったそうだが、その最右翼に後妻は位置する。早速調べてみよう」

「我々が探っているということを先方に悟られないようにお願いします」

「わかっている。身辺内偵捜査はお手のものだよ。昔取った杵柄《きねづか》だ。まだ衰えていないさ」

近藤は張り切った。

彼は警察内部にもコネクションがあり、私立探偵にも人脈がある。

数日後、近藤が来た。

「いろいろと面白いことがわかったよ」

近藤は獲物をくわえた猟犬のような表情をしている。

「やっぱりなにかありましたか」

「大ありだね。喜一郎の後妻、路子《みちこ》は以前、中央区銀座六丁目のクラブ『ボン・ソワール』でホステスをしていたのを喜一郎が見初めて、後妻に迎えたそうだよ。ボン・ソワール時代はナンバーワンを張り通していたらしい。

後妻に迎えて間もなく、嘉彦《よしひこ》を産んでいる。誕生日から逆算すると、結婚前にすでに妊娠していた模様だね」

「ホステスから山上喜一郎の奥方ですか。凄《すご》い玉の輿《こし》ですね」

「ボン・ソワール時代の路子の行状を調べてみたんだが、だいぶ発展していたようだったよ。確証はつかめていないが、人気芸能人やスポーツ選手と噂があったようだ」

「路子の産んだ嘉彦は本当に喜一郎の子供なのですか」

「さあ、そこだね。結婚前に妊娠していたんだから、彼女と浮名を流した男たちは、だれでも嘉彦の父親になれる可能性がある」

「しかし、山上喜一郎ともあろう者が、そんな疑いのある子供を自分の息子として認めないでしょう」

「まあその辺は、男と女のことは当人同士でなければわからないからね。いずれにしても、したたかな後妻がいることは確かめられたよ」

「その後妻が、相続財産を独り占めにしようとして、かおりさんを狙ったということは考えられませんか」

「同一順位の相続人を殺そうとして刑に処せられた者は相続権を失うことになるので、疑われては元も子もなくなる。だが、容疑者に数えることはできるね」

「私が山上喜一郎にかおりさんが狙撃されたことを報告して、家庭内にその原因の心当たりがないかと問うたとき、彼は心当たりがないこともないと答えました。もしかすると、彼も後妻を疑ったのかもしれません」

「家庭の事情というやつは、どんな人間にも弱味だよ」

近藤はしみじみと述懐するような口調で言った。彼にも複雑な家庭の事情があったのであろう。

松江も海外に単身赴任中、妻を盗まれてしまった苦い記憶をおもいだしていた。

我が身に弱味を抱え込みたくなかったら、家族を持たないことである。

結婚して子供が生まれ、係累を増やせば増やすほど弱味が大きくなっていく。

家族のために節を曲げなければならぬ場合もある。家族を養うために意にそまない仕事をしなければならない場合もあれば、仕事を辞めたり、職業を替えなければならないときもある。

敵は百万人といえども我れ行かんの気概を持つ人でも、家族を楯《たて》に取られると、とたんに弱くなる。

弱味を持たないためには、家族をつくらなければよい道理であるが、それはずいぶん寂しい人生となるだろう。

弱味のない人間というものには、どこかに人間性の欠落を感ずる。

異性を愛し、子供をつくり、あるいはつくらないまでも、弱味を体内に抱え込んでいく。家庭の事情、あるいは一身上の都合はほとんどが弱味の都合である。

そして、この弱味は何度苦いおもいをしても、ほとんど教訓にならない。喉元《のどもと》を過ぎれば、またぞろ同じ失敗を繰り返す。

松江は梁山荘の住人たちが、いずれも弱味を抉《えぐ》られた傷を舐《な》め合っているようにおもえた。そんなところも気に入っている。

刑事の魂

1

銀座ホステス殺害事件の捜査は膠着《こうちゃく》していた。

被害者を病院に担ぎ込んだ女性の行方は依然として不明であり、被害者の異性関係もおおかた消去されていた。

入江牧子は生前、「ボン・ソワール」のトップホステスとして贔屓《ひいき》客が多かったが、彼女は意外に身持ちが堅く、特定の関係に入った客はいなかった模様である。

「あの子は客の間で、破れ傘とか飛行機手形と言われていました。させそうでさせない、落ちそうで落ちないという心ですね。銀座でトップを維持するのは身体を張らなければなりませんが、彼女は客の期待をつなぐ術が絶妙でしたね。私などは彼女にいいように翻弄《ほんろう》されましたよ。しかし、翻弄されて決して不愉快にならない。むしろ翻弄されるのを楽しんでいる。

そんな客が彼女の周囲に集まって、一種のファンクラブのようなものが形成されていました。会の名前が傑作ですよ。『牧子の処女？　を守る会』です。彼女の処女（？）を破りたがっている連中が会員なのですから、狼の群に守られた羊のような感じでしたよ。むしろ処女（？）を破る会と名づけた方が正確なのですが、会員たちはいずれも大人《アダルト》で、和気あいあいと牽制《けんせい》し合って、守る会になっていましたよ。ボン・ソワールの客はみんな遊びの達人ですからね。そんな余裕のある会に入って、疑似恋愛ゲームを楽しんでいたのです。狼は狼でも、あまり飢えていない狼ばかりでしたから、そんな余裕のあるゲームが楽しめたのですね。

ああいうムードのある子はめったにいません。男に幻想をあたえてくれる子でした。一体、だれが彼女を殺したのかわかりませんが、ボン・ソワールの客ではないでしょうね。彼女を殺すような人間は、高い金を払って破れ傘や飛行機手形と一緒に飲むために来ませんよ」

と牧子の贔屓客は語った。

客の中で彼女を悪く言う者はいなかった。

棟居は彼女の生前の人脈を丹念に追っていた。

五年前ボン・ソワールに入店した牧子は、生前の人間関係がほとんど同店を中心にしている。同店から発した人間関係に限られていると言ってもよい。

入店と同時に入居した「メゾンアルハンブラ」の住人たちとの交際はない。

離郷後、郷里の家族や友人たちとは絶縁状態になっている。趣味のグループにも所属していない。

ボン・ソワールは、景気に伴って三千店から五千店の間を流動する銀座の店の中で、創立三十周年を誇る老舗《しにせ》であり、高級クラブの範疇《はんちゆう》に入る。

客筋は財界、文壇、画壇、芸能界、スポーツ界と広範にわたる。

人目を憚《はばか》って銀座にはあまり来ない政界の先生方も、財界のスポンサーに伴われてお忍びでやって来る。企業の接待にもよく利用される。

彼女の贔屓客は、ボン・ソワールの客の中に犯人はいないと言ったが、それは常連のことで、常連の供をして来たり、社用族の下っ端の中には飢えた狼も混じっていたかもしれない。

棟居は常連から広く網を拡げて、ボン・ソワールに一度でも足を運んだことのある者をすべてすくい取ろうとしていた。

客筋だけではなく、ボン・ソワールに在籍した従業員も外せない。

ママの三松正子は、従業員同士の恋愛は禁止しており、そういう関係になったときはどちらかに辞めてもらうと言っていたが、辞めた従業員の中に狼がいなかったという保証はない。

客筋よりも、むしろ従業員の方に危険な狼が潜んでいた可能性が大きい。

不毛の聞き込みがつづいた。いたずらに靴の底をすり減らしながら実りない聞き込みに歩いていると、疲労が身体に重く澱《よど》んでいく。

捜査は徒労の堆積《たいせき》である。藁《わら》の山から針一本を探し出すような捜査において、藁の山に恐れをなしていては、決して犯人にたどり着けない。

藁の山に潜む針一本の犯人は、決して安んじて笑ってはいないだろう。着実に迫ってくる刑事の足音に怯《おび》えて、身を縮めているにちがいない。

徒労感が重く身体に澱めば澱むほど、犯人は怯えているのだ。藁の山に潜む犯人のどんなかすかな気配でも見逃さないためには、徒労を恐れてはならない。

棟居は代々木署の菅原とペアを組んで、連日、聞き込みに歩いた。

夥《おびただ》しい徒労を重ねた後、ボン・ソワールに勤めていた元男子従業員から有力な聞き込みを得た。

「ボン・ソワールの女性はみんないいところへ嫁いでいますよ。昔、大名屋敷に奉公に上がって行儀見習いをしたように、ボン・ソワールに勤めた女性は、客に侍《はべ》って男に奉仕する精神と姿勢を学んだというので、好評です。以前はホステス出身というと色眼鏡で見られがちだったのですが、最近は銀座の一流クラブで働いた経歴は箔《はく》をつけるようです」

「銀座の水に磨かれた美貌《びぼう》と奉仕の精神ですか」

菅原が少し羨《うらや》ましげな表情をした。

「それだけではないとおもいますが、それが評判を取り、最近は大学出の女子が殺到して、入社試験をするほどだということです」

「大学出のホステスは珍しくありませんが、クラブの入社試験というのは初めて聞きました」

棟居も少し驚いた。

「高給、短い勤務時間、一流の客、これに玉の輿《こし》とあっては、女子大生が殺到しても不思議ではありません」

「いかにも現代の女性が好みそうな条件だな。それで具体的にどんな玉の輿があるのですか」

棟居は興味を持った。

「企業のエリートと結婚した子や、作家やスポーツ選手の妻になった子もいます。最大の玉の輿は山上喜一郎の後妻におさまっていますよ」

「山上喜一郎……あの山上グループの総帥ですか」

「そうです。そうそう、その結婚を取り持ったのが、先日殺された牧ちゃんですよ」

「なんですって」

棟居と菅原は姿勢を改めた。

「当時、牧ちゃんは、アルバイトとしてボン・ソワールに勤めていたのですが、彼女を妹のように可愛がったのが、当時のナンバーワン路子さんでした。たまたま同郷ということで、特に目をかけていたようです。

牧ちゃんをボン・ソワールに紹介したのも路子さんです。生前、住んでいた富ヶ谷のマンションに入居する前は、一時期、路子さんの家に同居していたと聞いています」

「それで、牧子さんがどうやって山上喜一郎氏と路子さんの仲を取り持ったのですか」

「当時、五年前ですが牧ちゃんは運転免許取りたてでした。店が看板になって、お酒が入った路子さんを乗せて、マイカーを運転して帰る途中、山上喜一郎の乗っている車と軽い接触をしたそうです。それが機縁になって、山上喜一郎はよく店へ来るようになりました。そして、路子さんを後妻に迎えたのです」

「なるほど、牧子さんが運転中、接触したのがきっかけになったのだから、まさに結びの女神だな」

菅原がうなずいた。

「それが二重の縁結びだったようです。私も確かめていないのですが」

元従業員がおもわせぶりな口調で言った。

「二重の縁結びと言うと……」

棟居は元従業員の言葉の含みが気になった。

「そのとき山上喜一郎の車を運転していた運転手と牧ちゃんが、それをきっかけに仲良くなったという噂を聞いたことがあります」

「運転手と牧子さんが……」

初耳であった。これまでの聞き込みでは、そのような情報は入ってこなかった。

「噂は間もなく立ち消えになってしまいました。噂だけだったかもしれません」

「その運転手の名前を知っていますか」

「知りません。山上グループに聞けばわかるんじゃありませんか。山上喜一郎の専用運転手ですから、側近だとおもいます」

「あなたがボン・ソワールに在職中、山上喜一郎氏と一緒にその運転手は店に来ませんでしたか」

「来たとおもいますが、いつも三、四人の取り巻きを連れていましたので、だれが運転手かわかりませんでした」

「そのとき牧子さんも山上氏グループに付きましたか」

「路子さんのヘルプとして付いていました」

聞き込みを開始してから初めての耳寄りな情報であった。

入江牧子の生前の人脈に、山上喜一郎の運転手は挙がっていなかった。

だが、元従業員がいみじくも二重の結縁と言ったように、最初の接触はハンドルを握っていた当事者同士ということになる。

山上と路子の関係はその副産物か、間接的接触ということになるだろう。

噂になったということは、それだけの火種があったことを示す。

噂が立ち消えになったのは、必ずしも火種が消えたことを意味するものではなく、両人が関係を秘匿するように努めたからかもしれない。

棟居と菅原は、長い徒労の聞き込みの末に、ようやくわずかな反応をおぼえていた。

2

近藤平一は山上喜一郎の家庭環境をこつこつと調べ上げた。

財界の大物であり、資金パイプによって政界の中枢部とも結びついている山上の経歴は、おおむねマスコミに公表されている。

父喜八郎が興した山上商事を継いで、天才的な経営能力と、時代を先取りする鋭敏な感性によって、商事を中核に多角的に資本を展開し、日本実業界の一方の雄にのし上がった。

かおりの生母、前妻を病で失ってから間もなく、路子を見初めて後妻に迎えたことは公然となっているが、どんないきさつから彼女と結婚したか、プライバシーは霧の中に霞《かす》んでいる。

山上喜一郎ほどの財力と社会的地位のある、しかもまだ男の凝脂をたっぷりと蓄えている人間に、複数の女性がいたとしてもなんら不思議はない。

前妻が生きていたころから、何人かの女性がいた模様であるが、はっきりとしない。

だが、前妻が死んだ後、それらの女性を差し置いて路子を後妻に迎えたとなると、喜一郎の彼女に対する執心のほどがわかる。

問題は喜一郎を囲む女性たちとの間に、子供がいるかどうかである。

もし認知した子供がいれば、かおりを排除しても、路子が産んだ嘉彦が相続権を独占できなくなる。

山上喜一郎の戸籍簿には、かおりと嘉彦以外には子供は記載されていない。

実際に喜一郎に隠し子がいたとしても、認知されていなければ相続資格はない。

だが、子の側から裁判によって親子関係存在の確認を求めることができる。

おおかたは母親が子供の代理人として、父親に対し認知を求めるケースが多い。

また認知の訴えは被相続人（親）の死亡後もなしうる。

裁判によって認知されれば、子供の出生のときから親子関係が生じたことになり、子供は相続権を得る。

したがって、戸籍簿の上に子供の記載がなくとも、喜一郎と隠れた女性との間に子供がいれば、路子としてはかおり一人を排除しても、相続権を独占したという保証は得られないのである。

近藤は喜一郎の身辺を執拗《しつよう》に嗅《か》ぎまわった。その調査の間に珍しい顔に出会った。現職中、捜査を何度か共にしたことのある捜査一課の棟居である。また代々木署の菅原刑事とも顔馴染《なじみ》であった。彼らは奇遇に驚いた。

「まさか、こんなところで近藤先輩に出会うとはおもっていませんでした」

棟居は久闊《きゆうかつ》を叙しながら、素直に驚きの色を面に浮かべた。

棟居にとって近藤は刑事の手ほどきをしてくれた大先輩である。彼らは同じターゲットを狙って調査を進めていることを知って、二重に驚いた。

「なぜ山上路子の身辺を探っているのかね」

「山上喜一郎の家庭環境に、近藤さんがどうして関心をお持ちなのですか」

再会の驚きを鎮めた後、同時に同じような質問を交わした。

ここで情報交換が行なわれた。

棟居は近藤から、山上かおりを再三襲撃した容疑者として、山上路子をマークしたいきさつを聞き、近藤は棟居から入江牧子殺しの人脈捜査網に路子が引っかかったという情報を知らされた。双方にとって新しい視野が開いた。

「山上路子の銀座時代の後輩ホステスが殺されたということは、かおりさんの襲撃になにか関連があるのだろうか」

近藤は首をかしげた。

「ということは、牧子殺しに山上かおりがつながっているという可能性も生じてきますね」

棟居が言った。

「少し迂遠《うえん》なつながりのようでもあるが、かおりさん襲撃の容疑者と親密な関係にあった銀座ホステスの殺しは無視できないね」

それは棟居らの視点からすれば、山上かおりの襲撃事件を無視できないということになる。

「ところで、山上喜一郎の運転手はわかったのかね」

近藤は問うた。

「はい。当時、山上の専用車を運転していたのは磯中昭夫《いそなかあきお》という男であることが判明しました。現在は社長室長になっています」

「社長室長とは出世したんじゃないのかね」

「社長室は側近中の側近で、山上グループのエリートの巣と言われています。磯中が、入江牧子が運転していた車と接触したという確証は取れていませんが、当時、山上の車はほとんど磯中が運転しておりました」

「磯中には家族はいるのかね」

「一年前に、山上の媒酌で、当時の常務取締役、現在の専務、飯島信夫《いいじまのぶお》の娘と結婚しております」

「それじゃあ、まだほやほやじゃないか」

三人はたがいの顔を見合った。彼らのおもわくは一致している。社長の媒酌で重役の娘と結婚した磯中にとっては、入江牧子との関係（未確認）は危険な情事である。

「被害者と磯中の間に関係があったことが確認されれば、磯中の容疑はかなり煮つまってくるね。だが、磯中と山上かおりさんの襲撃事件とは直接結びつかなくなる」

近藤は言った。

磯中と山上かおりとの間にはなんの利害関係もない。つまり、磯中が容疑者として絞られれば、かおりと入江牧子の間も切り離されてしまう。

「我々は磯中をマークしています。しかし、磯中が入江牧子を殺害したとしても、単純に会社の地位と家庭を守るために彼女を殺したとは考えていません」

棟居が言った。

「ほう、それ以外にどんな動機があるというのかね。いけない。捜査の秘密に部外者が鼻を突っ込んではいけないな」

近藤は自戒して笑った。

「かまいません。私は近藤さんを部外者とは考えていませんよ。たとえ現役を去っても、警察のファミリーです。いえ、刑事のファミリーです」
「刑事のファミリーか。嬉《うれ》しいな。たしかに警察は退職したが、刑事《デカ》の魂を失ったとはおもっていない」
「デカは死ぬまでデカです。いえ、死んでもデカですよ」
菅原が言った。
「ああ、そんな言葉を久し振りに聞いたな。三つ子の魂百まで、刑事の魂墓場までか」
「もし磯中と山上の後妻の間に関係があったとしたらどうでしょう。そして、そのことを
牧子が知っていたとしたら……」
「なんだって」
近藤が顔色を改めた。
「推測だけです。まだなんの裏づけもありません。しかし、磯中は接触後、山上喜一郎の
供をして、頻繁に『ボン・ソワール』に来ています。入江牧子と親しくなったのと同じ確
率で、路子と親しくなった可能性があります。牧子はその事実を知っていた。そして、磯
中を恐喝していたかもしれません」
「そいつは大変な着想だぞ。もし路子と磯中の間に関係があれば、彼女と山上喜一郎との
間に生まれたことになっている嘉彦に疑惑が生じてくる。もともと路子は結婚前にすでに
妊娠していたんだ。そのことから、嘉彦の父親については疑っていた。

もし嘉彦が山上の子でなければ、そしてその事実を入江牧子が知っていたとすれば、牧子は単なる危険な情事のパートナー以上に、はるかに危険な存在となる。磯中だけではなく、一言でも洩《も》らせば、玉の輿《こし》から奈落《ならく》の底へ突き落とす危険極まりない人間となる。路子は磯中と共に入江牧子を殺害する動機を有する。

路子が磯中に協力して牧子を殺していれば、磯中と山上かおりさんとの間に直接のつながりはなくとも、その返礼に路子に協力してかおりさんを襲撃したかもしれない。もし嘉彦が路子と磯中の隠し子であれば、返礼するまでもなく磯中は路子に協力したであろう」

だが、それは三人がたまたま出会ったことから脹《ふく》らんだおもわくにすぎない。捜査会議を傾ける説得力に足りない。

同時に三人が出会わなければ、決して生まれなかった着想である。その着想にかつての鬼刑事近藤の意見が加わっていることは、捜査会議を説得するための強力な援護射撃となるであろう。

棟居は近藤からの、山上かおりが狙撃《そげき》されたという情報に色めき立った。

棟居は近藤と情報と意見の交換をして、強気になった。

棟居がこの発見と着想を捜査会議に持ち出すと、

「なんの裏づけもない憶測に基づいた飛躍である。だいたい入江牧子と磯中の関係が確認されていないのに、二人の関係を前提に、磯中と山上路子の関係を設定し、路子の子嘉彦まで彼らの隠し子としてしまった。飛躍に次ぐ飛躍で、とうていついていけないね」

案の定、山路が弱点を衝《つ》いてきた。

「憶測と飛躍であることは認めます。しかし、被害者と磯中、および山上路子とのつながりは隠されていた新事実です。ましてや、路子はボン・ソワール時代、同郷の後輩として入江牧子を可愛がり、一時、自分の居宅に同居させたほどです。それにもかかわらず、牧子が殺害されて、身許《みもと》不明の被害者として報道されたとき、路子は名乗り出ませんでした。身許が判明した後も沈黙を守っています」

棟居が反駁《はんばく》した。

「報道が目に触れなかったとしても、少しもおかしくない。また現在、山上喜一郎の妻におさまっている路子としては、銀座時代の仲間とは絶縁したいという意識が働いているかもしれない。

そんな意識が働かなくとも、玉の輿に乗った路子としては、過去といちいちつき合うのを煩わしくおもっているだろう。彼女が牧子の死に際して黙っていたところで、なんら咎《とが》められる筋合いはない」

「路子にとって入江牧子は単なる昔の仲間ではありません。路子の開運のきっかけになったのが牧子です。牧子の死を知れば、路子としては当然、なんらかの感慨があったのではありませんか」

「感慨があったということと、実際になんらかの反応を起こすということはべつだよ」

山路は譲らなかった。両者の意見にはそれぞれ理があった。

捜査本部は双方の意見を踏まえて、山上路子、および磯中の事情聴取を検討した。

路子はなにぶんにも日本財界の一方の雄である山上喜一郎の妻である。喜一郎は現政権に影響力があり、警察上層部にも人脈がある。へたに動けば、捜査に圧力がかかるかもしれない。

捜査本部としては、不必要なエネルギーはなるべく使いたくない。

路子と磯中の関係が証明されれば、任意同行を求める絶好の理由になるが、単なる憶測にすぎない。

捜査本部は慎重に検討した結果、任意性を充分に確保した上で、まず磯中から事情を聴くことに決定した。磯中ならば、山上喜一郎から圧力がかかることもないであろう。

磯中の事情聴取の結果次第によって、路子からも事情を聴くということにようやく方針が定まった。

磯中が東京都公安委員会から猟銃の所持許可を取っている事実が判明した。

さらに彼は学生時代、射撃部に所属していて、全国大学対抗射撃大会において準優勝した腕前であることもわかった。

棟居は緊張した。磯中の射撃の経歴と猟銃所持を許可されている事実は、彼をしてかおりの狙撃者の位置に置くことができる。有力な状況証拠であった。

磯中の射撃歴は、山上路子が磯中に委嘱して、かおりを狙撃させたのではないかという疑惑の下地となる。任意同行を求める前に、とりあえず棟居と菅原が磯中に面会することになった。

借りものの人生

1

年が替わって一月九日午後一時、棟居と菅原は赤坂二丁目にある山上グループ本社ビルに赴いた。

磯中にはあらかじめ連絡して、約束《アポ》を取りつけておいた。

赤坂の目抜き通りに高層の威容を誇る山上本社ビルの受付で刺を通じると、すでに話が通してあったらしく、美しい受付嬢が一流ホテルのロビーも顔負けの応接室に案内した。

なめらかな革張りのソファーに着くと同時に、これまた見目麗しいサービス係がソフトドリンクを運んで来た。

待つ間もなく、背広の似合うノーブルな顔立ちの細身の男が二人の前に立った。

「磯中です」

磯中はためらわずに二人の前に歩み寄って、名乗った。

年齢《とし》は三十前後。ゴルフ焼けか、よく日に焼けている。学生時代からスポーツをつづけているのか、身体は小気味よく引き締まっている。

目の光が敏捷《びんしょう》で、慇懃《いんぎん》な態度の底から、刑事らの訪意を詮索《せんさく》している。

「ご多忙のところを突然お邪魔いたしまして、申し訳ありません」

棟居は初対面の挨拶《あいさつ》がすむと、まずは低姿勢に切り出した。

「私でお役に立つようなことがございましたら、なんなりとご協力申し上げます」

磯中は如才のない表情で答えた。

「それでは早速お尋ねしますが、入江牧子さんをご存じですか」

「いりえまきこ？」

刑事の視線が集中しているのを意識しながら、磯中は記憶を探っているようである。そのあたりの表情はなかなかの役者である。

「薄い記憶があるようですが、すぐにはおもいだせません」

磯中は言った。

「五年前、あなたが運転していた車と入江牧子さんの車が軽い接触事故を起こしたと聞いています。そのとき入江さんの車には、現山上社長夫人が同乗していました。そのときの接触事故がきっかけになって、お二人は結婚されたということですが」

「ああ、あのときの車を運転していた女の子ですか。すっかり忘れていました」

磯中はようやくおもいだしたような表情をした。

「彼女が昨年五月十一日深夜から翌日未明にかけて、殺害されたことをご存じですか」

「殺された……いいえ、いま初めて聞きました」

磯中は驚いたようである。その反応は演技とも、自然の反応とも両様に取れる。

「テレビや新聞でもかなり派手に報道されていましたが、気がつきませんでしたか。山上社長と夫人のご結婚のきっかけになった接触の相手方ですがね」

棟居はじわりとつめ寄った。

「それが……加害車のドライバーは動転してしまって、話し合いの相手方にはもっぱら社長夫人がなられましたので。その場で示談が成立して別れました」

「ただいま加害車とおっしゃいましたが、接触は入江さんの方に責任があったのですか」

「そうです。突然、横町から入江さんの車が飛び出して来て、慌てて躱《かわ》したのですが、横腹を少しかすられてしまいました。そうですか、あのときのドライバーの女性が殺されたのですか。それで、だれが犯人なのですか」

磯中はまだ驚きから醒《さ》めやらぬようである。

「その捜査のためにいろいろと情報を集めております。ついては、磯中さんには彼女が殺された事情について、なにかお心当たりはありませんか」

「私に心当たりなどあるはずがないでしょう。五年も前にかすった車のドライバーですよ。名前も忘れていたほどです」

「しかし、それがきっかけになって、社長と奥さんが結婚されたのです。お二人の結婚のきっかけになった当事者の一人を忘れてしまったのですか」

「きっかけになったかもしれませんが、きっかけ自体を忘れていたのです」

「その後、彼女が勤めていた銀座の店に、山上社長に同行して何度かいらっしゃったそうですね」

今度は菅原が質問した。磯中は少し虚を衝《つ》かれたような表情になって、

「社長の供をして何度か行ったことはありますが、べつに入江さんに会いに行ったわけではありません。私はあくまでも随行ですから、社長の身辺に侍《はべ》っていただけです」

「そのとき、入江さんと言葉を交わしませんでしたか」

「一言か二言は交わしたかもしれませんが、おぼえていません。あくまでも随行ですから、できるだけ控えめにしております」

磯中は随行を繰り返した。

「社長夫人は入江さんが殺害されたことについて、あなたになにか言いませんでしたか」

棟居が質問の鉾先《ほこさき》を変えた。

「いいえ、なにも」

磯中は急に言葉を節約するようになった。

「あなたが入江さんを忘れても、社長夫人は決して忘れないでしょうね。夫人が入江さん

の不慮の死を知ったなら、きっと衝撃を受けたとおもいますが、社長夫人になにか変わった様子はありませんでしたか」

「奥様にはお会いしていません」

「しかし、社長室長であれば、なにかとご家庭にも連絡したり、屋敷へ行くこともあるのではありませんか」

棟居は追及の手を緩めない。暑くもないのに磯中の額がうっすらと汗ばんでいるように見えた。

「社長室は社長のプライバシーには立ち入りません。ご自宅にお電話することもめったにありません」

「めったにないということは、稀《まれ》にはあるということですね」

「ええ、まあ」

磯中は仕方なさそうにうなずいた。

「その稀な頻度はどのくらいですか」

「月に一、二度です」

「一度ですか、二度ですか」

「一度のこともあれば、二度のこともあります」

「実際はもっとあるのではありませんか。社長と社長室は絶えず緊密な連絡が必要だとおもいます。社長がいまどこにいるか、社長室は常に把握しているはずです。山上グループの総帥ともなれば、各方面からの連絡も多いとおもいます。ご自宅にいるときも頻繁に連絡を取り合うのではありませんか」

「私自身がいつも連絡を取るわけではありません。社長室のスタッフが手分けしておりますので」

磯中の口調が苦しくなった。

「あなた自身が社長邸に連絡を取ったとき、夫人が電話口に出ることはありませんか」

「ありません。ほとんどお手伝いです」

「つかぬことをうかがいますが、山上かおりさんをご存じですか」

棟居はふたたび質問の鉾先を変えた。

「山上かおり……社長の前の奥様のお嬢さまですか」

「そうです」

「かおりさまというお嬢さまがいらっしゃることは知っています」

「会ったことはありますか」

「いいえ、ございません」

「つかぬことをうかがいますが、磯中さんはライフルをお持ちですね」

ふたたび菅原が質問のバトンを引き継いだ。

「はい。趣味で銃猟をしておりまして、三〇口径の猟銃を所持しております。もちろん都の公安委員会の所持許可を取っております」

「最近、ハンティングに出かけたことはありますか」

「いいえ。この数年、忙しくてハンティングどころではありませんでした。ライフルにも蜘蛛《くも》の巣が張っています。どうしてそんなことをお尋ねになるのですか」

磯中は不審気な面持ちで問い返した。

「捜査の参考です」

棟居は軽くいなして、

「ところで、昨年五月十一日と十二月二十日はどこで、なにをしていましたか」

「五月十一日……それはアリバイのようなものですか」

如才なかった磯中の表情が少し改まっている。

「捜査資料として、できるだけ広範囲に情報を集めております。差し支えなかったらおしえていただけませんか」

「突然、そんな前のことを聞かれても、すぐにはおもいだせません。ちょっと待ってください。メモを見てみましょう」

磯中は表情を改めたものの、悪びれずにメモを取り出した。

五月十一日は入江牧子が殺害された夜であり、十二月二十日には山上かおりが銃撃された。

「ええと、五月十一日は日曜日ですね。メモは空白になっていますので、たぶん自宅にいて、ビデオでも見ていたとおもいます。土曜日はたいてい社長のお供をしてゴルフに行き、日曜日は社長の呼び出しもないので自宅におります」

「その間、訪問者か電話はありませんでしたか」

「訪問者も電話もなかったとおもいます。よくおぼえていません。つまり、この夜は私にはアリバイがないということになりますね」

磯中は苦笑した。

「十二月二十日の方はいかがですか」

「この日は社長に随行して沖縄へ行っておりました。那覇《なは》に建設予定のホテル用地の下見のためです。当夜は那覇市内のホテルに社長と共に泊まっておりました」

磯中の口調には自信がある。調べればすぐにわかるような嘘をつくはずがない。十二月二十日のアリバイは成立したと言ってよいだろう。

入江牧子殺害当夜のアリバイのみ不明のまま残された。もし磯中が入江殺害に関わっているとしても、かおりを狙撃《そげき》した犯人にはなれない。

棟居と菅原は磯中の許《もと》から辞去した。磯中に肉薄したものの、仕留めることはできなかった。

第一回の面接で息の根を止められるとはおもっていない。

捜査本部は二人が持ち帰った成果を検討した。

「五月十一日夜のアリバイがないということは、磯中の疑惑を裏づけるものではない。アリバイは改めて説明するまでもなく、犯行時間に犯行場所にいなかったという証明であって、アリバイのない者が現場にいたことにはならない。アリバイのない者は現場以外のどこにでもいることができる。

磯中が猟銃を所持していたからといって、山上路子が彼に山上かおりの狙撃を委嘱したとする想定自身が、荒唐無稽《こうとうむけい》の飛躍である。

考えてもみるがいい。二人の間の関係が証明された後、磯中の射撃経歴を状況証拠として、路子が彼にかおりの狙撃を委嘱したと想定するのであればまだしも、関係が確認されない前に磯中の射撃経歴を踏まえて、路子が委嘱したと想定するのは順序が逆だよ。そういう憶測をする前に、まず二人の関係を確かめなければいけない」

山路に言われて、棟居は反論できなかった。まさにその通りである。

だが、二人の関係の確認となると雲をつかむに等しい。

順序は逆でも、磯中の射撃歴はかおりの狙撃と結びついて、磯中の状況を怪しく煮つめ、路子との間にきな臭いにおいをぷんぷんと漂わせるのである。

磯中に会った棟居と菅原の心証は灰色であった。だが、必ずしも黒に近い灰色ではない。

二人が磯中から得た心証では、山上路子に対決できない。

磯中と路子の間につながりがあれば、路子の耳に聞こえているはずである。

彼女がなんらかの反応を見せれば、彼らの関係を裏書きすることになるが、路子はそんな馬鹿ではあるまい。

おそらく鳴りを静めたまま、捜査本部の今後の動きを凝《じ》っと見守っているであろう。

いまの薄弱な持ち札、というよりは手持ちの札がなにもない状態で路子にまみえれば、返り討ちに遭うのは目に見えている。

ようやく捜査線上に捉《とら》えたとおもった有力なターゲットが射程から遠ざかって行く気配を、歯ぎしりしながら見送らざるを得なかった。

2

近藤から山上路子の経歴と、磯中昭夫や入江牧子殺害事件との関連容疑を聞いた松江は、

「それで、近藤さんは狙撃者が山上路子の線から来たとおもいますか」

と問うた。

「なんとも言えないね。磯中は狙撃犯の容疑者として恰好《かっこう》の位置にいるが、路子との関係が確かめられない限り、手をつけられない。また路子と関係があったとしても、彼の立場

からして、直ちに引き金を引くような短絡的な行動を取るとはおもえない。

路子と磯中の関係を前提にして考えれば、むしろかおりさんよりは入江牧子の存在の方が、二人にとって脅威だったはずだ。牧子の口を塞《ふさ》ぎ、返す刀ならぬ銃口をかおりさんに向けたというのも無理があるような気がするな」

「私もそうおもいます。もし狙撃の犯人が磯中であったとすれば、警察から明らかにマークされた後は鳴りを静めるでしょう。かおりさんを二度と狙うことはないとおもいます。しかし、二度にわたってグループで襲撃してきた連中は、暴力団員でした。山上路子や磯中とはべつの線から来ているのではないでしょうか」

「彼らが暴力団を雇っている場合も考えられるよ」

「雇い主が彼らであれば、再三の襲撃は差し止めるはずです。しかし、狙撃犯人と暴力団はべつの線のような気がします。闇に身を潜めて一発必中の引き金を引いた狙撃犯が、暴力団を雇って襲撃したとはおもえないのですが」

「手口が矛盾しているね。そう言えば、狙撃する前にかおりさんの頭上に鉢が落ちてきたり、入線して来る電車の前にホームから突き落とされかけたりしたそうだが……」

「鉢植えも突き落としも一人でできます。犯人としてはなるべく人手を借りず、一人でやりたいのではないでしょうか」

「松江さん、あんた、まだかおりさんを狙ってやって来るとおもっているのか」

「敵はまた必ず来るとおもいます。しかも複数というか、複線の敵が狙っているような気がします」

「複線？」

「狙撃犯人と暴力団は明らかに別路線だとおもいます」

「私もそんな気がしている。乗りかかった船だ。こうなったら徹底的にやる以外にないな」

「梁山荘《りょうざんそう》の皆さんにご迷惑をかけることになりますね。もう充分かけていますが」

「私らは迷惑などとはおもっておらんよ。かおりさんが来たおかげで、連中はみな生き返った。大袈裟《おおげさ》な言い方かもしれないが、生き甲斐《がい》をおぼえたんだ。懐に入って来た窮鳥を守るために、アパートの住人が団結する。まるで現代のメルヘンじゃないか。

だれが、どんな目的で狙っているのかわからない。警察は不穏な気配だけでは決して動かない。警察は犯罪が発生した後でなければ出て来ない。

これまで合計五回襲って来たが、そのうち三回はかおりさんを的にしたものかどうか確かめられていない。ホームからの突き落としは故意（わざと）か偶発か不明だ。かおりさんを車の中に引きずり込もうとしたときだけが、明らかに彼女を狙って来たことがわかった。それも弁慶に阻止されて、未遂に終わった。警察は単に痴漢の仕業とおもうだろう。現にそうおもっている。

結局、彼女を守る者は我々以外にはいない。警察が出て来たときには、手遅れになっている。半生を警察の飯を食った私がこんなことを言うのは辛《つら》いが、警察は犯人を追いかけるが、犯人の先まわりはしない。犯罪があるとおもったときは、捜査を開始するということになっているが、実際は被害や被害者が発見されてから犯人の後を追いかける。犯罪が発生する前に、それを察知して待ち伏せするということは極めて稀《まれ》だよ。

ましで、いつ、どこで、どんな犯罪が発生するか、警察が予知するのはほとんど不可能だ。一般市民が犯罪の発生を予知して警察に保護を求めても、単なる予感では警察は動かない」

「五回も襲撃されたことは、犯罪の明らかな予兆とは言えませんか」

「難しいね。被害者とその周辺が認識しただけで、警察が認識したわけではない。警察が捜査を開始するきっかけとされる犯罪があると思料するときは、市民が思料するのではなく、警察官が思料したときだからね。

しかし、おかげで私は警察の救済と市民の危険のギャップが、この歳になって初めてわかったよ。そのギャップを自力で埋めることが、これほど私に生きている実感をあたえてくれるとはおもわなかった。これまでは権力から託された使命感で犯人を追って来ていた。その使命感を定年によって突然取り上げられてしまった。私が生涯を託した使命感も、定年によってピリオドを打たれた。私はそのとき、人生ってなんだろうなとおもったよ。

現役時代、刑事になったことを悔やんだことは一度もない。それが自分の生き方だとおもっていた。生き方とは自分が選んだものじゃないかね。自分の意志によって選んだ人生を生きるのに、なんの悔いもためらいもない。そうおもって、四十何年やってきた。

ところが、そういう生き方に突然ピリオドを打たれちゃったんだ。自分が選び取ったと信じていた使命感も、お上《かみ》からの借りものにすぎなかったと悟ったときの挫折《ざせつ》感は大きい。それは私の人生そのものが借りものであったという残酷な証拠のようにおもえた。人生の現役時代が借りものであれば、退職後は一体なんなのか。借りものの余生、借りものの脱け殻ではあまりにも情けない。

上層部の警察官僚は政治家が余生の面倒を見てくれるが、下っ端刑事の骨なんか拾ってくれる者はいない。高齢化社会では余生はあまりにも長い。せめて余った人生で借りものの現役時代の埋め合わせをしようとおもっても、埋め合わせどころか一日一日をもてあましてしまう。

そんなとき、かおりさんが来てくれたんだよ。このアパートに吹き寄せられた落ち葉のように集まった連中は、みんな彼女が来てくれたことを喜んでいる。愚痴っぽくなったが、彼女が来てから、自分の余生が借りものではないような気がしてきた。その意味では余生ではなく、本生だよ」

近藤の言葉は松江の血液に溶け込むように響いた。

松江自身、会社から借りていた人生であった。

ライバルの足を引っぱり、蹴落《けお》とし、払い除《の》け、出世競争もしょせん会社から借りた土俵の上での勝負である。

どんなに出世したところで、会社を辞めない限りその土俵からはみ出すことはできない。松江には近藤の言う使命感すらなかった。サラリーマン人生のサバイバルはヤクザの生存競争に通底するところがある。

おとなしく凝っとしていれば侵略される一方である。仕事だけを見つめていると、背後から闇討ちに遭う。出世競争で一頭地を擢《ぬき》んでれば、懸賞首のように集中攻撃の的とされる。

ドジを踏めば、指をつめられないまでも、出世街道から確実に外される。派閥抗争に敗れれば、生涯、反対派の奴隷として屈辱的な冷飯を食わされる。

そのよい実例が自分である。それでも会社の土俵から飛び出さなかったのは、借りものではあっても、土俵の中にいる限り、栄養たっぷりの餌をあたえられ、生活を保証される。土俵の中の生存競争に憂き身をやつしている間に、土俵の外の荒野で生きていく野性を去勢されてしまっているからである。

松江は最小限の野性を留《とど》めている間に、土俵から飛び出した。だれからも束縛されない借りものではない自分の人生であるが、多年、会社の目的を見つめつづけていた目がその目的を失って、にわかに自分の人生の目的を設定できない。

会社の目的と個人の目的は異なるはずでありながら、社奴として飼い馴《な》らされている間に、会社の目的がそのまま自分の人生の目的となってしまっていた。

それは近藤の言う使命感と似て非なるものである。

使命感のためには死ねるが、会社の目的のために死ねるかと問われると、心が動揺せざるを得ない。

つまり、使命感はおおむね職業を選ぶ前から明確に、あるいは漠然と心に植えつけられているものであるのに対して、会社の目標は入社後、会社から社員に押しつけられる。

それだけに、自生的な使命感が権力からの借りものであったと悟ったときの衝撃は救い難い。

使命感はお上や会社の権力の裏づけがないと有効に作用しないのである。

それに対して目標は、会社や組織から強制的に課せられたものであるから、それを見失って、余生の方位に迷う。

3

一月中旬のある日、松江の部屋のドアがノックされた。

ドアを開いてみると、見知らぬ若い男が立っている。ダークスーツにぴしりと身を固め、定規で引いたようにネクタイを着けている。

黒々とした髪には櫛目《くしめ》が入り、爽《さわ》やかな整髪料の香りがかすかに漂った。

男は如才ない微笑を浮かべて、軽く会釈をした。

松江は銀行員か証券マンが勧誘セールスに来たのかとおもった。

「今度、一〇八号室に入居してまいりました川原《かわはら》と申します。いろいろとお世話になるとおもいますので、よろしくお願い申し上げます」

と若い男は名乗って、タオルを差し出した。新入居者の挨拶《あいさつ》であった。

「それはご丁寧に、有り難うございます。こちらこそよろしく」

松江は恐縮して、タオルを受け取った。

一見、二十代半ば、大学を卒業して二、三年というところであろうか、最近の若者には珍しい折り目正しい男である。

吹き溜《だ》まりの梁山荘には少し場ちがいのような入居者であった。堅い勤めなのであろう。

挨拶をした川原は、もう一度頭を下げて、松江の戸口から立ち去ろうとした際、素早く松江の肩越しに室内を詮索《せんさく》するような目配りをした。

かおりはすでに弁慶のジムに出勤していて、いない。

その一瞬の敏捷《びんしょう》な目の色に、松江はちょっといやな感じを受けた。折り目正しいマスクの下に、油断ならないしたたかさを隠しているような予感がした。

大道易者として、多数の人間の人生を占ってきたせいかもしれない。

川原は松江の一瞬の予感が錯覚であったように、さりげない表情に戻って、隣室の方へ向かった。初対面の人間を、そんな偏見で眺めてはいけない、と松江は自らを戒めた。

不明の狙撃者

1

都内S区にある東都信用金庫のS支店は、駅前通り末端の住宅街との境目にある。通りを挟んで真向かいは駐輪場、右隣りは呉服屋、左隣りは一車線幅の横町をおいてマンションとなる。横町を折れれば閑静な住宅街である。

平日の午後三時三十分、シャッターを下ろした同支店から、集金車が出る。運転手にガードマンが一人付き、車が信用金庫のガレージから出るときだけ、形通りに道路に立って誘導するが、これまでの平穏無事に馴《な》れてほとんど警戒していない。

昼下がりの商店街は人影もまばらで、住宅街からはことさら眠気を誘うように、ピアノがぽろんぽろんと響いてくる。

同支店前に停まった集金車からガードマンがあくびをかみ殺しながら降りて来ると、形通りの警戒位置に立って、集金車を誘導した。

一匹の野良猫がそのかたわらをのそのそと歩いている。

多年の平穏無事に馴れて、ガードマンも運転手も鼻唄《はなうた》気分である。

突然、野良猫がぴくりとして、走り出した。

ほぼ同時に、横町から登山帽と濃いサングラスを付けた三人が走り出して来た。

ガードマンが危険を察知したときは、三人組の一人に猟銃《ライフル》を突きつけられていた。

日本刀を扼《やく》した一人が運転手に切っ先を向けて、その動きを封じた。

「騒ぐな。静かにしていれば危害は加えない」

ガードマンに銃口を擬した一人が、押し殺した声で言った。

その間に、三人目が現金の入ったジュラルミンの箱を、集金車の荷台から積み下ろしている。

ガードマンと運転手の動きを封じた二人は、あらかじめ用意してきたガムテープで口を塞《ふさ》ぎ、後ろ手に拘束した。馴れた手つきであった。

あっという間にガードマンと運転手の身体を拘束した三人は、すでに集金車から積み下ろしていた三個のジュラルミンケースを一個ずつ手に提げて、横町へ走った。

横町には一台のバンが停めてあった。

ここまでは賊にとって、まことに手際よく運んだ。

ところが、彼らの予想しないアクシデントが発生した。

車の通行の少ない横町に入り込んだ大型車が、バンに出口を塞がれた形で通りへ出られなくなった。

ハンドルさばきによってぎりぎりに躱《かわ》せるスペースであったが、後続車のドライバーは気が短かったらしく、けたたましくクラクションを鳴らした。

仰天した三人組は、ジュラルミンケースをバンに移して発進しようとしたが、エンジンがかからない。

「だから、エンジンをかけっぱなしにしておけと言っただろう」

一味のリーダーが罵《ののし》った。

「かけておいたのが、途中で止まっちまったんだよ」

運転手が言い返した。

その間も後続車がけたたましくクラクションを鳴らしつづけている。運転手はますます焦った。クラクションは全町内に響き渡るような甲高い音で、半分居眠っていたような午後のまだるっこい空気を引き裂いた。

ようやくエンジンがかかった。だが、動転して横町から飛び出したはずみに、通りを進行して来た宅配便の車に突っ込んでしまった。

「馬鹿野郎」

宅配便の運転手が怒鳴りつけた。ますます慌てた三人組の運転手は、バックした弾みに後輪を側溝に落としてしまった。

わらわらと人が駆け集まって来る気配がした。

バンから飛び降りた三人組は、一個ずつジュラルミンケースを後生大事に抱え込むと、走り出した。背後から、銀行強盗だ、と叫ぶ声がした。

事情もよくわからぬまま、野次馬が三人組の後を追跡し始めた。

三人組はいずれも凶器を擁しているので、野次馬の追跡も及び腰である。

そこへ三人組にとっては折悪しく、婦人交通警察官が乗ったミニパトカーが通りかかった。

婦人警官はまだ事件の発生を知らない。だが、三人組にとってはすでに警察の手がまわったようにおもえた。

追いつめられ、血迷った三人組は、かたわらのアパートに駆け込んだ。

雨水に墨が滲《にじ》んだ字で、「梁山荘《りょうざん》」と書かれた表札がかかっていたが、三人組の目には入らない。たまたまその時間帯、弁慶を除いて六勇士とかおりがアパートに居合わせた。

かおりは常ならば、大木のジムへ行っているはずであったが、松江が風邪をひいて発熱したので、その看病のために付き添ってくれていた。

松江がジムへ行くようにといくら勧めても、おじさまが心配で、ジムへ行ってもなにも手につかないからと言って、そばに付ききりで温かい食物を作ってくれたり、氷枕の氷を交換してくれたりした。

そこへ、猟銃と拳銃《けんじゅう》と日本刀で武装した三人組が押し込んで来た。

彼らは全棟各室くまなく探して、居合わせた入居者を銃と日本刀で威嚇しながら、一階一〇一号室の管理人室へ集めた。

そのとき梁山荘に居合わせたのは、六勇士とかおり、新入居者の川原、および松本《まつもと》管理人夫婦の男七名、女性三名の十名である。

強盗団の首領は十人の前に銃口を擬して脅すと、

「おとなしくしていれば危害は加えない。おまえたちは人質だ。少しでもおかしな振る舞いをしたら、女でも容赦はしねえ。この銃がおもちゃだとおもったら大まちがいだぞ」

管理人室の窓から猟銃を突き出し、引き金を引いた。

梁山荘の前に蝟集《いしゅう》し始めていた野次馬たちは、突然、威嚇射撃をぶっ放されて、パニック状態に陥った。

発射の轟音《ごうおん》で窓ガラスが震え、室内には薄紫の発射煙が漂った。

硝煙が鼻腔《びこう》を衝《つ》いた。熱く焦げた空薬莢《やっきょう》が遊底からはじき出された。

人質のだれもが初めて目にする光景であり、発射の衝撃波によって身体を貫かれたようなショックを受けた。

近藤すら、凶悪犯の人質とされて、至近距離でライフルを実射されたのを見たのは初めての経験である。

「おもちゃじゃねえことがよくわかったろう。拳銃も日本刀も本物だよ。おまえら十人殺すのに、なんの手間ひまもかからない。一つしかねえ命を失いたくなかったら、言う通りおとなしくしていろ」

首領が言った。サングラスをかけているので表情はよく見えないが、グラスの奥の目が薄く笑っているようである。

「逃げられるとおもっているのかね」

近藤が問うた。

「おもっているとも。あんたら人質が十人もいるんだ。人命を尊重する日本の警察のことだから、世界の果てまでも逃げられるよ」

首領は薄笑いを口辺に刻んで、これ見よがしに発射煙の漂っていそうな銃口を口でふっと吹いた。

「きみたちは包囲されている。無駄な抵抗はやめて、武器を捨てて出て来なさい」

ようやく駆けつけて来たらしい警察のスピーカーが呼びかけてきた。

首領はふたたび銃口を窓から突き出すと、銃声をもって応《こた》えた。

「人質が十人いる。一人一発ずつぶち込んでも充分にお釣りがくるぜ。来るなら来てみやがれ」

首領が窓から怒鳴った。

スピーカーが沈黙した。このような場面の経験に乏しい所轄警察の判断にあまるのであろう。

2

三人の会話から、リーダー格が黒住《くろずみ》、二番手が丸尾《まるお》、三番手が疋田《ひきた》であることがわかった。

「兄貴、一人は婆《ばば》あだが、美《い》い女が二人いるぜ」

色の黒いずんぐりした丸尾が厚い唇を舐《な》めた。

サングラスでカバーしていても、その好色そうで下品な骨相は隠しきれない。

「馬鹿野郎。いまは女どころじゃねえだろう。この場面をどう切り抜けるか考えろ」

首領の黒住が叱った。

三人のうちで背丈が最も高く、全身が鋭い凶器のように引き締まっている。生まれてから一度も陽に当たったことがないように皮膚が青白く、唇が紅を塗ったように赤い。不気味な迫力が全身にみなぎっている。

「女を抱けば、いい知恵が生まれるかもしれねえぜ」

丸尾が、未練の横目でかおりと弥生の方を睨《にら》みながら言った。

「女なんか飽きるほど抱けるって。これだけの金があれば、コールガール一人三万として、何人抱けるかな」

疋田が拳銃を手中にもてあそびながら、ジュラルミンケースに視線を向けた。

三人のうちで最も華奢《きゃしゃ》な骨格をしているが、露出した皮膚がぬめり気を帯びているようで、触れると粘液がべっとりとつくような異様な雰囲気を放散している。

「そんな安い女を買わなくとも、高級な女がいくらでも手に入るよ」

丸尾が言った。

「女の良し悪しは値段じゃ決まらねえよ」

「値段でなければ、なんで決まるんだ」

「ハートだよ」

「三万円でハートが買えるのかい」

「金をうんと出したからといって、ハートが買えるわけじゃねえ」

二人が時ならぬ口争いを始めた。

「よさねえか、馬鹿ばかしい」

首領が言った。

屋外からふたたびスピーカーが呼びかけてきた。

「きみたちにチャンスはない。いまのうちなら人を傷つけたわけでもないし、金を返せば情状酌量の余地がある。武器を捨てて降伏しなさい」

「無駄な説得というものだよ。時間はたっぷりある。金もたっぷりある。人質の中には綺《き》麗《れい》なねえちゃんが二人いる。これから世界のどこへ逃げようか、ゆっくり考えてみるよ。無駄な抵抗をやめるのはおまえさんの方だな。人命尊重を第一に考えるなら、囲みを解いて、家に帰って、クソして寝ろ」

首領が怒鳴り返した。

丸尾と疋田が声を合わせて笑った。

だが、所轄署は機動隊の応援を要請したらしく、梁山荘の包囲陣は厚くなる一方である。

「兄貴、蟻の這《は》い出る隙間もなさそうだぜ。どうやって逃げるつもりで」

疋田が問うた。

「夜になるのを待て。闇にまぎれて逃げるんだ」

「夜になっても、そんなに簡単に逃げられそうにねえよ」

「弱音を吐くな。これだけの金と人質があるんだ。必ずチャンスはある。ケースの中に札束がうなっている。いくらあるか勘定してみろ。元気が出るぞ」

首領が励ました。

二人は気を取り直して、ジュラルミンケースを開いた。

ケースにぎっしり詰め込まれている一万円札の束に、二人は口笛を吹いた。

「こいつは凄《すげ》えや。一箱一億円、三億円はあるぞ」

「三人で山分けして、一人一億円ずつか。一億円ありゃあ、なんだってできる」

二人は警官隊に包囲されているのを忘れたように、札束を数え始めた。全額で約二億八千五百万円あった。

「裏通りのしけた支店だから、一億もありゃあ御の字だとおもっていたが、意外に集めてきやがったな。きっと臨時の入金があったんだろう」

首領にも意外な大獲物だったらしい。

「腹がへってきやがったな」

金を数え終わった丸尾が、急に空腹を意識したようである。

「冷蔵庫から食えるものをかき集めて来い。女が三人もいるんだ。なにか作れるだろう」

首領が二人の舎弟に命じた。

二人はアパート中の冷蔵庫から食料品を集めて来た。

「これだけあれば当分、籠城《ろうじょう》できるぜ」

首領も二人の集めて来た食料品の山に目を見張った。

「おい、おまえたち、こいつでなんかうまいものを作れ」

首領は食料の山から女性の方に目を転じて、命じた。

夜になっても機動隊から投光器が向けられて、闇は完全に駆逐された。

「昼間より明るいぜ」

「これじゃあ、忍術使いでもなけりゃあ、どうにもならねえよ」

二人の舎弟が音をあげた。

「あきらめるな。おれたちには人質がいるんだ」

首領は弱気になりかけた二人を叱咤《しった》した。

「でもよう、人質はいても殺せねえよ。おれは金は欲しいが、人殺しにはなりたくねえ」

丸尾が言った。

「おれもだ。金は奪《と》っても、人は殺さないというのがおれたちのルールだったはずだ」

疋田が丸尾を支持した。

「いまさらなにをとぼけたことを言ってやがる。乗りかかった船をいまになって降りるくれえなら、最初から乗らねえよ。この金を完全におれたちのものにするためなら、人質を十人でも二十人でも殺すぞ。降りたければ降りろ。そのかわり分け前はやらねえ」

首領が冷徹な声で言い渡した。

「兄貴、いまさら降りろなんて、冷てえことを言うなよ」

「こうなったら、地獄の底まで従《つ》いて行くぜ」

二人が言った。

「地獄なんかじゃねえよ。おれたちが行くところがこの世の極楽さ。まあ、見ていろ」

首領は成算ありそうに言うと、窓際に立った。

「おまえら、聞いているか。投光器を消せ。夜は暗いのが当たり前だ。いまから一分以内に消さなければ、人質を処刑する」

首領は窓枠をシェルターにして呼びかけた。

「馬鹿なことはやめろ。投光器を消しても逃げられないぞ」

スピーカーが言い返した。

「五十秒」

首領がカウントダウンをもって答えた。

「兄貴、本当に処刑するつもりか」

疋田の顔が強張《こわば》った。

「四十秒」

首領は舎弟に答えず、カウントダウンをつづけた。

「まさか、本気じゃねえだろうな」

丸尾の面から血の気が引いた。

「二十秒」

首領はカウントダウンをつづけながら、部屋の隅にうずくまっていた管理人の飼い猫に目を向けた。

「丸尾、その猫を連れて来い」

「猫をどうするつもりなんだ」

「いいから連れて来い」

家の中でおっとりと飼われていた猫は、丸尾に難なく捕まった。なにやら不穏な気配を察知したらしく、猫は丸尾の手の中でもがいたが、爪を立てようとはしなかった。

「アニーになにをするつもりなの」

管理人の細君が猫を取り返そうとした。

そのとき丸尾から飼い猫を受け取った首領は、窓から外へ放り出した。着地する直前、地上にひらりと足を着いて降り立った飼い猫は、投光器と多数の人間の視線に射すくめられたように、その場にすくんだ。

その一瞬を狙って、首領の構えた銃口が火箭《ひや》を吹いた。狙い誤たず、巨大な破壊力を秘めた猟銃弾は哀れな飼い猫の頭蓋《ずがい》に命中し、跡形もなく吹き飛ばした。

猫は空中にはね上がり、原形を失って、もんどり打つように地上に落ちた。束の間、彼我の間に静寂が屯《たむろ》した。

一拍おいて、我が子のように可愛がっていた愛猫を目の前で射殺された管理人の細君が、悲鳴をあげた。

「いまは猫質を処刑した。次は本当に人質を処刑するぞ」

首領が冷徹な声で呼びかけた。さすがに百戦錬磨の機動隊も、猫の処刑に度肝を抜かれた。

ある意味では、人質そのものの処刑よりも残酷である。

そのシーンはテレビによって中継され、リアルタイムで全国に放映された。

折から夕食の時間帯とあって、家族で囲んだ食卓にその凄《すさ》まじい虐殺の場面はなんの遮《スク》蔽《リーン》も置かずに、まざまざと映し出された。

なんの罪もなく抵抗もしない飼い猫を、人質の処刑の前触れとして射殺した。人間を殺さず、人間を殺した以上の効果を警察と人質の双方にあたえた。

投光器が消された。だが、梁山荘の周囲は機動隊と警官によって、蟻の這い出る隙間もないほど厚く囲まれている。

3

皮肉なことに松江は、人質になってから熱が下がった。高熱を発したためか、全身が虚脱したようにだるいのにもかかわらず、頭が奇妙に冴《さ》えていた。

丸尾と疋田はそれほどの悪《ワル》ではない。首領の黒住さえなんとかすれば、丸尾と疋田はどうにかなりそうである。だが、黒住にはまったくつけ込む隙がない。

時間が経過するほどに、彼らは追いつめられ、どんな暴発をするかわからない。

飼い猫を射殺して、断乎《だんこ》たる意志をデモンストレートした黒住は、この絶望的な状況下で決してあきらめていない。

約二億八千五百万円の金を擁して、逃げる意志を捨てていないのである。

彼らを、特に黒住を追いつめれば追いつめるほど、人質が危険になる。

胃袋を満たされた丸尾と疋田は、弥生とかおりに露骨な欲望の色を塗った視線を向けている。

冷徹な黒住に比べてそれほどの悪ではないが、単細胞の彼らの方が、とりあえずかおりと弥生にとっては危険である。

外部に連絡したいが、三人組の監視下で電話をかけることはできない。

「兄貴、こんな美《い》い女が二人も目の前にこれ見よがしにいやがるのによう、なんにもできねえなんて、たまったもんじゃねえよ」

丸尾が言い出した。

「そうだ。兄貴は女嫌いだからいいが、おれたちは正常な男だからね。ジュラルミンの中に札束がうなっていても、一枚も使えねえ。いまはおれは金よりも、このねえちゃんの方が欲しいよ」

疋田が弥生に視線を固定したまま、丸尾に同調した。

自室でシースルーのネグリジェをまとったまま三人組に押し込まれ、管理人室に集められたので、彼女にその気はなくとも、熟れた身体が丸尾と疋田の目に挑発的に映る。

職業的に完成され、女の実りに達した婉然《えんぜん》たる色気が吹きつけてきた。

「お二人さん、私が欲しいんでしょう」

二人の目の色を先読みした弥生が、彼らの欲望の火に油を注ぐようなことを言った。

「当たり前だよ。あんたのような美い女を見てなんともおもわなかったら、男じゃねえ」

丸尾が言ったので、疋田が少し慌てたように丸尾の腕を引いて、黒住の方角に目配せした。

だが、黒住は眉《まゆ》一筋動かさない。

「欲しかったら、あげてもいいわよ」

「なんだって」

今度は二人が同時に声を発した。

丸尾が舌なめずりをし、疋田がごくんと生唾《なまつば》を呑《の》み込んだようである。

「ただし、ただ乗りはいやよ。あんたたち、お金持ちなんでしょう。こんな美い女をただで抱こうなんて、虫がよすぎるわよ」

弥生はジュラルミンケースの方に視線を向けた。

「金なら払うぞ」

すかさず丸尾が言った。

「私は高いわよ」

「いくらだ」

疋田が単刀直入に聞いた。

「ワンプレイ百万。いやなら、あきらめなさい」

「なんだと」

丸尾が目を丸くした。

「あんた、自分の立場がわかっていねえようだね。あんた、おれたちの人質だよ。金など一円も払わなくても、おれたちがやろうとおもえばやれるんだ」

疋田がせせら笑った。

「じゃあ、やったんさいよ。私はなんにも協力しないわよ。人形を抱いたって面白いことなんかなにもないよ。どうせあんたたちは捕まる。逃げられっこないよ。私はあんたたちにレイプされたと訴えるわ。罪がぐんと加算されるでしょうね。

ジュラルミンケースの中に札束が詰まっていても、いまのままではただの紙屑《かみくず》ね。そんな紙屑、後生大事に抱え込んで捕まるよりも、盛大に使っちまったらどうなの。あんたたちが経験したことのないようないいおもいをさせてあげるわ。ワンプレイ百万でも、きっと安いとおもうわよ」

弥生は二人を流し目に睨《にら》んだ。

丸尾と疋田は、どうすると相談するように、おたがいの顔色を探り合った。

「弥生さん、あんた、なにを言うんだね」

意外な商談の成り行きに、呆《あき》れたように近藤が問うた。

弥生は、任せておけと言うように、一同に目配せした。

「わかった。言い値通り、あんたを買う」

丸尾が言った。

「おれも買うぞ」

疋田がつづいた。

「やめねえか」

黒住が苦々しげに言った。

「これだけはおれたちの勝手にさせてもらうぜ。おれたちの分け前をどう使おうと、おれたちの自由だ。このねえちゃんの言う通り、捕まればただの紙屑よ。おれは使える間に使うことにしたんだ」

「こんな上等な食べごろのおねえちゃんが包装紙を解いて、むきむきの観音様をきらきらさせながら手招きしているのを、指をくわえて見送るようなら男をやめた方がいいね」

　疋田が言った。

　さすがの黒住もあきらめた。

　無理に制止しようとすれば仲間割れを起こす。この状況で二人の舎弟に背かれてはならないと、黒住は素早く計算した。

「商談成立ね。前払いでいただくわ」

　弥生は手を差し出した。

「がめついおねえさんだな」

　いつの間にか、ねえちゃんからおねえさんに昇格している。

「順番を決めてちょうだい。じゃんけんでいいわ」

　弥生に促されるようにして、丸尾と疋田がじゃんけんをした。

　疋田が一番権を勝ち得た。

「ちくしょう。うまくやりやがったな」

「焦るなって。時間はたっぷりある。ちゃんと道をつけておいてやる」

　疋田が焦る丸尾をなだめるように、余裕を見せて言った。

　疋田はジュラルミンケースを開いて、百万円の束を一つつまみ上げて、弥生に渡した。

「まさか、ここで観音様のお引き渡しをするわけにもいかないから、私の部屋にいらっしやいな」

弥生はシースルーのネグリジェの裾《すそ》を翻して立ち上がった。

松江は、弥生がかおりを守るために、自分の身体を売ったことを悟った。

間もなく弥生と共に、疋田がさっぱりした顔をして帰って来た。

「お待たせしたわね。あなたの番よ」

疋田にからめた腕を解いた弥生は、丸尾を手招きしてにっこりと笑った。

丸尾が弾《はじ》かれたように立ち上がった。

「百万円なら高くねえよ」

疋田が欲望にはち切れそうになっている丸尾に、にやにやしながら言った。

それ以後、疋田と丸尾はかおりに欲望の目を向けることはなくなった。弥生にすっかり去勢されてしまったようである。

警察はこの間、スピーカーから電話に切り換えて、説得をつづけた。

ニュースで逸速《いちはや》く集金車を襲った三人組が、梁山荘に立てこもったことを知った山上喜一郎の圧力もあった。

山上は要路の政治家を通して警察上層部に娘が人質の中にいることを伝え、人質の安全保障を第一義とするように要請した。

山上の圧力を受けた警察は、当初の強行突入作戦を説得作戦に変更して、持久戦の構えを取った。犯人一味を刺激しないために、機動隊は梁山荘の視野に入らない背後に後退させられた。

4

「疋田と丸尾は弥生さんに骨抜きにされています。黒住だけをなんとかすれば、制圧できるのですが」

松江は近藤にささやいた。

事態は膠着《こうちゃく》したまま夜が更けて、三人組にも人質にも疲労が積み重なっている。入居者の最強の戦力である弁慶が欠けており、三人組が扼《やく》した凶器の前に、人質たちは手も足も出ない。

疋田と丸尾は弥生にガスを抜かれて、船を漕《こ》ぎ始めている。

情報を得るためにテレビをつけはなしにしている。

藪原玄庵がそっと耳打ちをした。

「わしの部屋に睡眠薬がある。こいつを次の食事に仕掛けたいな」

藪原がテレビの音にまぎれて、ささやいた。

「しかし、部屋を抜けられませんよ」

各部屋にはトイレットが付いており、生理的要求を口実には部屋から出られない。

「おれが仮病になったらどうかな」

富田が言い出した。

「仮病に？」

「売り口上《タンカバイ》で、そういう芝居には慣れているよ。仮病になって、ドクターに薬を取って来てもらったらどうだろう」

「それは名案だな」

近藤と大町がうなずいた。

「こら、こそこそ話をするんじゃない」

黒住が目を光らせて、銃口を振り向けた。彼らは慌てて口をつぐんだ。

間もなく、富田が身体を海老《えび》のように折って苦悶《くもん》し始めた。顔面が蒼白《そうはく》になり、口から泡を吹いて苦悶している。

仮病とは承知していても、本当に急性の症状を発したのではないかとおもわれるほど真に迫っている。

「どうした。しっかりしろ」

取り囲んで声をかけても呼吸困難に陥ったように、喉《のど》を掻《か》きむしるだけで言葉が出ない。

「なんだ。どうしたんだ」

黒住が油断なく銃を構えたまま覗《のぞ》き込んだ。

「狭心症の発作を起こしたんだよ。この人は前から心臓の冠状動脈が狭くなっていて、激しい運動や、精神的な緊張で冠状循環不全の状態を起こす。早く手当てをしないと死んでしまう」

藪原がもっともらしく言った。

「あんた、やけに詳しいね」

黒住が胡散臭《うさんくさ》そうに藪原の顔を見た。

「私は医者だ。私の部屋に薬や医療器具がある。取りに行かせてくれ」

藪原が立ち上がった。

「待て」

黒住が銃口を向けて制止した。

「心臓疾患の手当ては一刻を争う。本当に死んでしまうぞ」

藪原の言葉に符節を合わせるように、富田がまさに断末魔のような苦悶の症状を呈した。

「仕方がねえ。丸尾、おまえ一緒に行け」

黒住が丸尾に顎《あご》をしゃくった。

藪原は丸尾の監視付きで、自室から医療器具と睡眠薬を持ち出して来た。

丸尾には、彼が持ち出したものがなんであるかわからない。

「富田さん、ニトログリセリンだ。これを舌の下に挟みなさい」

藪原はもっともらしい表情をして、白い錠剤を富田の口中に含ませた。

間もなく富田は回復した。

膠着状態のまま夜が明けてきた。

「朝飯を作れ」

黒住が命じた。

その言葉を待っていた。かおりと弥生が、疋田と丸尾がかき集めてきた食料を使って、朝食を作り始めた。

三人組の朝食に、藪原が持ち出して来た睡眠薬が密《ひそ》かに仕掛けられた。

間もなくトースト、コーンスープ、目玉焼きの朝食が用意された。

待ちかねていた丸尾と疋田が、早速ぱくつきかけると、黒住が、

「待て」

と手を挙げて制した。

「なにを待つんで」

疋田と丸尾が訝《いぶか》しげな視線を黒住に向けた。

「毒味をしろ」

黒住がかおりと弥生の方に顎をしゃくった。

事情を知っている藪原や松江はどきりとした。睡眠薬を仕掛けたことを黒住に察知されたかとおもった。

かおりがさりげない顔をして、疋田の前に出したスープ皿からスープを飲んだ。

だが睡眠薬を仕掛けたのは目玉焼きの方である。さすがの黒住もそこまでは気がつかなかった。

何事も起こらない。黒住が納得したようにうなずいた。

べつに睡眠薬仕掛けを見破ったわけではなく、用心したらしい。

奇妙な朝食であった。三人組と人質が〝同じ釜《かま》の飯〟を分け合っている。

不眠の一夜が明けかけていた。

不安と緊張が持続した上に、胃袋が満たされたので、一同はうとうとしかけた。

三人組はそれを睡眠薬の効果とは気がつかない。

人質の食事には睡眠薬は仕掛けられていないはずであるが、一様に睡魔に捉《とら》えられかけていた。突然、カタンと音がして、なにかが転倒した。丸尾が持っていた日本刀が床に転がり、ほとんど同時に丸尾が崩れ落ちていた。

その音にうとうとしかけていた一同が、はっと目を覚ました。

睡眠薬の効き目には個人差がある。まだ完全に睡眠薬の捕虜にされていなかった黒住は、はっと目を覚ました。

まだ充分にまわりきっていない薬効に、意志の力が勝った。彼は全身が崩れ落ちるような倦怠感《けんたい》と、床に倒れいびきをかいて昏睡《こんすい》状態に陥っている疋田と丸尾の姿に、事態を察知したようである。

「野郎、一服盛りやがったな」

愕然《がくぜん》として発した声は、ろれつがまわらない。

黒住は咄嗟《とっき》に、喉に指を突っ込んで、胃の内容物を吐瀉《としゃ》した。

口辺を吐瀉物で汚した黒住は薬効に必死に抵抗しながら銃口を人質に向けて、かおりを目で指し、

「その女、こっちへ来い」

と命じた。

かおりが麻痺《まひ》したように立ちすくんでいると、

「ぐずぐずするな」

銃口をいらだたしそうに振った。

黒住はかおりに銃口を擬して、

「どうもさっきから様子がおかしいとおもっていたんだよ。てめえら、朝飯に薬を仕掛けるとはいい度胸だ。なめた真似をしやがって。このおとしまえはたっぷりとつけてやるぜ」

黒住はかおりをひきずるようにして、窓際に立った。

「やい、おまわり、聞いているか。マイクロバスを用意しろ」

黒住は警察の包囲陣に怒鳴った。

「そんなことをしても逃げられない。人質を解放して、降伏しなさい。そうすれば情状酌量の余地はある」

警官隊のマイクが猫撫《な》で声で答えた。

「うるせえ。必ず逃げのびてみせる。二分間、猶予をやる。それまでに言われた通りにしなかったら、この女を処刑するぞ」

黒住は窓際にかおりを楯《たて》にして立った。

「二分では車を手当てできない」

「それ以上待てねえ理由があるんだよ。おまえらが乗って来た車をまわせ。ぐずぐずしてやがると、この綺麗《きれい》なおねえちゃんのお面をぶっ飛ばしてやるぞ」

胃の内容物を吐き出したおかげで、黒住の意識は次第にはっきりしてきているようである。

「落ち着け。言われた通りにする」

警官隊のマイクが答えた。

機動隊の輸送車が梁山荘の入口へ近づいて来た。

「待て。窓を開いて、中が見えるようにしろ。運転手以外一人でも乗っていたら、直ちに人質を処刑するぞ」

「わかっている。運転手以外はだれも乗っていない」

マイクが答えた直後、警官隊の方角から狙い定めた一弾が飛来した。狙撃《そげき》弾は狙い誤たず、かおりを楯にしていた黒住の、わずかに現われていた左肩に当たった。

狙撃の衝撃に耐えられず、黒住はよろめいて銃を取り落とした。

そこを逃さず、近藤と富田が躍りかかった。

瞬時に戦闘力を失った黒住は、呆気《あっけ》なく武器を取り上げられ、ねじ伏せられた。

ほとんど同時に機動隊が突入して来た。狙撃弾は急所を逸《そ》れたが、出血が激しい。

藪原が手際よく応急の止血処置を施した。

その場から黒住は救急車に、疋田と丸尾は護送車に乗せられて、それぞれ病院と捜査本部に連行された。

5

「人質の皆さん、ご無事ですか」

機動隊の指揮官が人質の安否を問うた。

「こういうのを無事と言うのかしら」

弥生が松江の顔を見て、いたずらっぽい笑みを含んだ。

間もなく金を奪われた東都信用金庫S支店の社員が、捜査員に伴われてやって来た。

彼はジュラルミンケースを開いて、中身を数えた。

「二百万円、足りません」

金を数えた社員が言った。

「まちがいありませんか」

捜査員が確かめた。

「まちがいありません。何度も数えましたが、百万円の束が二つ足りません」

それは丸尾と疋田が弥生に支払った分である。

「それは私が慰謝料としてもらったわ」

「慰謝料」

「強盗一味の二人が、私をレイプしたのよ。慰謝料、一人百万、合わせて二百万円もらったわ」

「二百万円の慰謝料……」

社員と捜査員が唖然《あぜん》とした表情をした。

「そうよ。私は高いの」

「そんな馬鹿な。この金は信用金庫の金で、強盗のものではない」

驚きから立ち直った社員が言った。

「そんなこと、私には関係ないわ。私は強盗に犯されたの。強盗が慰謝料として支払ったのだから、私のお金よ」

「あなたは本当にレイプされたのかね」

捜査員が疑わしげな表情を向けた。

「ここにいる人質が証人よ」

人質たちがうなずいた。弥生のおかげで、かおりが救われたのである。

「とにかく金は強盗が信用金庫から奪ったものだから、強盗にはなんの権利もない。返しなさい」

捜査員が言った。

「いやよ」

弥生は首を横に振った。

「困った人だな。あくまでも金を返さないとなると、きみも強盗一味と見なされるかもしれないよ」

捜査員が恫喝《どうかつ》した。

機動隊や警察官も気が立っている。このままでは弥生を連行しかねない勢いであった。

「弥生さん、この場はひとまず金を返した方がいい」

　近藤が仲裁した。

　弥生はしぶしぶ金を返した。

「私、このままではおさまらないわよ。絶対にただ乗りはさせないわ」

　弥生は金を返しながら言った。

　弥生の被害を除いて、人質の安全が確かめられた後、彼らに対する事情聴取が始まった。

　捜査員が奇妙なことを聞いた。

「だれが犯人に発砲したのかね」

「発砲？」

「我々が犯人を撃つはずがないじゃありませんか。我々は銃口を向けられて、手も足も出なかったんですよ」

　松江が言った。

「あなた方のだれかが、犯人から銃を奪って撃ったのではないのかね」

「我々に銃を撃てる者はいません」

「なんだって？」

　捜査員が愕然とした表情になって、

「それでは、だれが犯人を撃ったのですか」

「警察が撃ったんでしょう」

「我々はあなた方の安全第一に、犯人の狙撃はしていません」

今度は松江以下、人質たちが驚いた。

警官隊が狙撃したのでなければ、だれが黒住を撃ったのか。

あいつだ。松江は喉《のど》の奥で呻《うめ》いた。

黒住は撃たれたとき、かおりを楯にして窓際に立っていた。そこを狙って、狙撃弾が飛来した。

その場に居合わせた者は、すべて黒住を狙って撃ったとおもった。だが、狙撃者はかおりを狙ったのかもしれない。

かおりを狙撃した弾がわずかに逸れて、黒住に当たったのであろう。

犯人は警官隊と野次馬の群にまぎれて、かおりを狙撃したのだ。

犯人はマスコミの報道によって、かおりが強盗の人質にされたことを知る。これぞかおりを葬る千載一遇のチャンスとして、かおりを狙ったのだ。

近藤が、強盗人質事件発生以前から、かおりが正体不明の犯人から頻々と狙われていたことを説明した。

警察の大先輩である元鬼刑事の説明に、捜査員は従ったが、釈然としない表情であった。

ようやく立ち入りを許された弁慶が、

「すまない。おれがいれば、強盗風情に指一本触れさせることはなかった。面目ない」

と平身低頭して謝った。

「いやいや、弁慶さんがいたら、どうなったかわからんよ。あんたは決して黙っていない。弁慶と一緒に立ち往生はいやだよ」

大町半月が言ったので、ようやく一同に笑いが戻った。

黒住は左肩の付け根を砕かれたが、生命《いのち》に別状はなかった。

現場から回収された銃弾は、三〇口径と鑑定された。

捜査本部で昏睡《こんすい》から醒《さ》めた疋田と丸尾は、借りて来た猫のようにおとなしくなっていた。

二人の自供によると、三人は元同じ中学の同窓で、卒業後、それぞれべつの方向に進学したが、いずれも中退して、店員、作業員、運転手などを転々とした。どれも長つづきせず、いつの間にか集まって盛り場に屯《たむろ》し、中高生相手に恐喝をしていた。

だが、中高生の持っている金はたかが知れている。一発、荒稼ぎをやろうと黒住が発案して、信用金庫の集金車を襲撃したということである。

事件を一挙解決に導いたのが、正体不明の狙撃者であったのは皮肉である。

認識なき事情

1

警察の事情聴取の後、山上喜一郎が来た。

彼はかおりの安全を確かめて、ひとまずほっとしたようであったが、女の身体のべつの被害の有無を案じているようであった。

「大丈夫よ。かおりさんには指一本触れさせなかったわ」

山上の胸の内を察した弥生が言った。

松江がかたわらから、弥生が自分の身体を楯《たて》にしてかおりを守ってくれたことを告げた。

「そういうことでしたか。なんとお礼を申し上げてよいか。あなたの慰謝料は私が支払いましょう」

山上は事情を聞いて、申し出た。

「いいえ。かおりさんのお父さんに支払ってもらう理由はないわ。支払うなら、信用金庫よ。私たちのおかげでお金が戻ったのに、全額取り戻して、知らぬ顔はさせないわよ。落

とした お金も拾得者に一割謝礼をするのは常識だわ。三億円奪《と》られたんだから、本来なら三千万円お礼すべきなのよ。二百万円なら安いもんだわよ」

弥生は昂然《こうぜん》として言った。

もし二百万円、慰謝料を支払わなければ、三千万円要求しかねない勢いである。

「どうだね。これを機会に、家に帰って来ないか」

山上はかおりに勧めた。

彼にしてみれば、強盗団が押し込んで来るようなアパートに、これ以上娘を置いておけない心境であろう。

「私はここでの生活がとても幸せです。家に帰る気持ちはありません」

かおりの意志は確固としていた。

無理に連れ帰れば、家出をするであろう。山上はあきらめたようである。

考えてみれば、強盗が押し込んで来たのは偶然であり、そう何度も危険な連中が押しかけて来るわけもない。

山上は心を残しながらも、娘を邸《やしき》に連れ帰ることはあきらめた。

彼にしても、後妻との間に新しい子が生まれているところに、かおりを連れて帰れば、家の中が複雑になる。

事件は一見解決したかに見えたが、意外な余波を引いた。

その日の深夜、前夜の強盗人質騒ぎで不眠の一夜を過ごした入居者たちは、深い眠りに落ちていた。

午前二時ごろ、松江の部屋のドアを忍びやかにノックする者があった。

何度目かのノックで、ようやく目を覚ました松江が、寝ぼけ眼をこすりながら内側から誰何《すいか》すると、

「川原です。夜分申し訳ありませんが、ちょっと……」

と声をかけてきた。

こんな時ならぬ時間に、なにごとかと首をかしげながら松江がドアを開くと、川原と共に、数人の男のグループが声もなく押し入って来て、松江の横腹に凶器を突きつけた。

「な、なんだ、きみたちは……」

咎《とが》めた松江の口を、川原が手で塞《ふさ》いで、

「声を出すな。おとなしくしていれば痛い目を見ないですむ」

と押し殺した声で耳許《みみもと》にささやいた。

松江の動きを封じたグループは、不穏な気配に目を覚ましたかおりの口にガムテープで猿ぐつわを噛《か》ませ、手足を抱えて担ぎ上げた。

かおりは必死に抵抗したが、屈強な男たちは鼻先でせせら笑った。

松江は川原によって手足を拘束され、猿ぐつわを噛まされ、床の上にまぐろのように転

がされた。

松江は一瞬の間に、川原以外の男たちのグループが、これまで二度にわたってかおりを襲って来た暴漢であるのを悟った。

強盗人質事件の後の虚を衝《つ》かれた。まさか彼らが、強盗が逮捕された直後襲って来ようとは、だれもおもっていなかった。

山上喜一郎からかおりの安全について、くれぐれもよろしくと委託された後だけに、松江は面目ないおもいで一杯であった。

川原グループはかおりを拉致《らち》して部屋を出た。床に転がった松江は、第一回の襲撃を受けた後、七勇士の各部屋を結んで取りつけた防犯ベルを足の指で押した。

たちまち全棟にけたたましいベルの音が鳴り響いた。

七勇士以外の入居者たちも、深い眠りの底から叩《たた》き起こされた。

だれかが、火事だと叫んだ。

時ならぬ防犯ベルに、寝床からはね起きた弁慶は、裏口の方へかおりを拉致して走って行く数個の人影を認めた。

弁慶は一瞬の間に事態を察知した。

猛然とダッシュした弁慶は、屈強な数人のグループを相手に、蓄えた技と力のすべてを駆使して戦った。グループはいずれも格闘に馴《な》れていた。

巧みな連係プレイを取りながら、弁慶を多数の網の中に捕らえようとしたが、正面から充分な間合いを取って向かい合った一人は、目にもとまらぬまわし蹴《げ》りを延髄に受けて悶《もん》絶《ぜつ》した。

左右から迫った二人は、一人は手刀を首筋に受けて昏倒《こんとう》し、他の一人は返す水平打ちを顔面に食らって吹っ飛んだ。

背後にまわった一人が余裕をもって攻撃を加えようとしたときは、すでに仲間の三人は戦闘能力を失っている。

愕然《がくぜん》として立ち向かおうとしたときは、くるりと向かい直った弁慶に凄《すさ》まじい膝蹴《ひざげ》りを胸と顎《あご》に受けて、昏倒した。

グループを手引きした川原は、ただ一人取り残されて、茫然《ぼうぜん》と立ちすくんだ。

「最初からきな臭い野郎だとおもっていたが、とうとう尻尾《しっぽ》を出しやがったな」

弁慶に肉薄されて、川原は裏口に逃走路を求めようとしたが、すでに富田や大町や藪原が塞いでいた。

川原はその場で入居者によって捕らえられた。

かおりは際どいところで救われた。

「無事でよかった」

松江に猿ぐつわと手足をいましめたガムテープを取り除かれたかおりは、

「ちっとも怖くなかったわ。おじさまや弁慶さんや、みなさんが、きっと助けてくれるとおもっていたから」

と笑顔を見せた。

「こいつ、同じ穴の狢《むじな》だったのね」

弥生は全入居者から袋叩きにされて蓑虫《みのむし》のように転がされた川原を、足先で蹴りながら言った。

「このまま警察に引き渡すのはもったいない。みんなで少しずつなぶり殺しにしてはどうかね」

大町が物騒なことを言い出した。

「麻酔を打って、手足の指を一本ずつ詰めていくのはどうかね」

藪原がにやにやしながら残酷な提案をした。

「いきなり指を詰めてはもったいないよ。まず爪をはがしてはどうだろう」

富田が尻馬《しりうま》に乗った。

「そいつはいい考えだが、手足でも傷つけると、犯罪になる。見せしめに記念撮影をしてはどうか」

近藤が一同になにごとかささやいた。かおりが顔を赤らめた。弥生がカメラを持ち出して来た。川原以下、弁慶に叩きのめされて身動きできないグループは、たちまち衣類を剝《はく》奪《だっ》されて、赤裸に剝《む》かれた。

そのみっともない姿に、弥生が容赦なくシャッターを切った。

フラッシュが浴びせられるつど、川原は悲鳴をあげた。

「てめえら、おれたちがなに様かわかっているのか」

四人組はまだ強がっていたが、

「あんたら、自分の置かれた立場がよくわかっていないらしいな。この写真を業界にばらまけば、あんたらがなに様かよくわかるよ」

弥生からポラロイドカメラで撮影した印画紙を示されて、虚勢を張っていたグループも沈黙した。

最初に口を割ったのは川原である。

川原が白状したところによると、彼は暴力団樽井組の構成員で、梁山荘《りょうざん》の入居者に顔が割れていないのを見込まれて、かおりを拉致する手引きのために入居して来たということであった。

樽井組は山上喜一郎から、かおりの偽りの襲撃を依頼されたが、度重なる失敗に山上から解約され、本気になってかおりの拉致を謀ったそうである。

「かおりさんをライフルで狙撃《そげき》して失敗したので、誘拐作戦に切り換えたのか」

松江に糾問された川原は、

「狙撃したのはうちの組の者ではない」

と否認した。

「樽井組でなければ、だれがかおりさんを撃ったというのだ」

「警察だろう」

「警察は犯人を狙撃していない」

「それでは、おれたちの知ったことではない」

「かおりさんの頭上から鉢を落としたり、彼女を電車のホームから突き落とそうとしたのも樽井組の仕業か」

「おれたちはそんなことはしないよ。鉢が命中しても電車に轢《ひ》かれても、彼女は死んでしまうではないか。おれたちには彼女を殺す意志はない」

「同じことを警察でも言えるかな」

「言えるとも。こんなことを嘘をついても仕方がねえ」

「きさまの言ったことが嘘だとわかったら、このみっともない写真を業界全体にばらまいてやるぞ」

「お願いだから、それだけはやめてくれ。それをされるくらいなら、ここで殺された方がましだよ」

「きさまの命などもらったところで、なんの役にも立たない。しかし、せっかく殺してくれと言うのなら、あんたらの得意技のバナナキリやジンヅメ（腎臓《じんぞう》摘出）、カンヅメ（肝臓摘出）というのはどうかな。手術道具は揃っている」

藪原が恫喝《どうかつ》した。

「許してくれ。そんな気はなかった。組長の命令で、やむを得ずやったことだ」

川原は泣きだした。

「よしよし、わかった。ギンギンのヤクザが泣いたりしてはみっともないよ。その顔もついでに記念撮影しておこうかね」

大町に顔を覗《のぞ》かれて、川原は慌てて作り笑いをした。

2

川原とグループを警察に引き渡した後、七人組はかおりを囲んで会議を開いた。

「川原の言ったことは一応信じてよいとおもう。樽井組のほかにかおりさんを狙っている者がいることは、これではっきりした」

「山上の後妻と磯中の線ではないのか」

「彼らの線も消せないが、彼らの手口としてはあまりにも荒っぽいし、危険にすぎる。どうもべつの線があるような気がする」

「警察も山上の後妻とはべつの線と睨《にら》んでいるようだが、まだつかんでいないようだ」

だが、警察の大勢は、狙撃者がかおりを狙ったとは疑っていないようである。

「樽井組がかおりさんの命を狙っていなければ、まだ別口は目的を達していない。再三、狙撃して来るかもしれないな」

一同は改めて身の引き締まるような緊張をおぼえた。

狙撃者はわずかな誤差で的を失した名射手である。いかに七勇士が協力してエスコートしても守りきれない。

「この際、かおりさんを親父さんに返すべきではないか」

という意見が出た。

「皆さんにご迷惑でしたら、私は出て行きます。でも、父の許《もと》には絶対に帰りません」

かおりが悲壮な顔をして言った。

「いまになって、かおりさんを放り出すくらいなら、初めから関わるべきではなかった。梁山荘から出たら、犯人の好餌《こうじ》にされてしまう。私は一人でもかおりさんを守るつもりだ」

松江は言った。

「おれも松江さんと一緒に守るよ。がたい（図体）が大きいから、松江さんよりは大きな楯《たて》になれるだろう」

になるぜ」

弁慶が言った。
「おれも仲間だよ。弁慶のがたいがどんなに大きくても、一人よりは二人の方がいい楯になるぜ」

富田が申し出た。

近藤、藪原、大町、弥生も、これまで通りかおりの支援を申し出た。

父親にかおりの身柄を返すべきではないかという意見も、かおりの安全を慮《おもんぱか》っての発言である。かおりが絶対に父の許に帰らないと言い張るのであれば、七勇士としてもかおりを守り抜くつもりである。

彼らは必ずしもかおりのために護衛しているのではない。

それぞれなんらかの理由があって、この梁山荘に流れ着いて来た七人は、かおりを守ることによって、敗者復活戦に挑むような気がしていた。

かおりが来るまでは、人生の敗者のままでよいとおもっていた。だが、姿なき敵からかおりを守ることによって、ふたたび立ち上がれそうな気がしてきている。

「東都信用金庫の態度はなによ。私たちが命をかけたおかげで約二億八千五百万円取り戻せたくせに、その後、なんの挨拶《あいさつ》もないじゃないの。許せないわ」

強盗三人組が捜査本部に連行され、川原以下、樽井組グループが警察に引き渡された後、弥生が言いだした。

彼女はせっかくの慰謝料を没収されてしまった。

弥生は腹の虫がおさまらないらしく、ついに東都信用金庫の本店に電話をかけた。

「社長を出してちょうだい」

弥生は応答した交換手に高飛車に言った。

「あの、理事長のことでございますか」

「そうよ。おたくの一番偉い人。梅川《うめかわ》さんよ」

「あなたさまは……」

「春田弥生と言えば、わかるはずよ」

「少々お待ちくださいませ」

束の間のインターバルの後、ふたたび同じ交換手が電話口に出て、

「ただいま理事長は不在でございます」

と木で鼻をくくったように答えた。

「梅川さんに言ってよ。居留守を使っても駄目だって。あくまでも居留守を使う気なら、東都ホテルのラストタンゴクラブのことをばらすと言ってちょうだい」

「ラストタンゴクラブでございますか」

「そうだよ。さっさと取り次がないと、あんた、首になっても知らないよ」

弥生に脅されて、交換手は慌てて取り次いだらしい。

間もなく梅川が応答した。

「ちょうどいま帰って来たところだよ。店に電話をかけてくるのはルール違反じゃないのかね」

梅川の声がうろたえていた。

「そっちがルールを破ったんじゃないの」

「私がルールを……はて、心当たりがないが」

「強盗に約二億八千五百万円奪われたでしょ。私たちが取り戻してやったのに、なんの挨拶もないなんて、おかしいじゃないのさ」

「きみらが取り戻したって……？」

「強盗が私たちを人質に立てこもったのよ。私たちが強盗に睡眠薬を盛って眠らせたから、現金を取り返せたんじゃないの。私は強盗にレイプされたのよ。強盗が私に支払った二百万円の慰謝料までも取り上げて、ルール違反じゃないと言うの。一割だって要求できるところよ」

「きみは強盗が立てこもったアパートにいたのか」

梅川が驚いた口調で言った。

「そうよ。テレビが人質の名前を報道していたでしょう」

「ついうっかりしていて気がつかなかった」

「とにかく私の慰謝料二百万円は返してちょうだい。返さなければ、例の土曜パーティのことを発表するわ。そっちがルールを守らないなら、私もルールを守る必要はないわ」

「待て。ちょっと待ってくれ。きみは慰謝料と言うが、強盗が支払ったという金は本来、私の店から奪った金だから、強盗にはなんの権利もない」

「警察も同じことを言っていたわ。強盗からもらおうなんておもっていないわよ。あなたからもらいたいの」

「私がどうしてきみに慰謝料を払わなければならないんだね」

「あなたからなら慰謝料じゃないわ。礼金ね」

「礼金？」

「そうよ。約二億八千五百万円まるまる返って、まったく謝礼をしないなんて、虫がよすぎるわよ。礼金なら、あなたに払う義務があるわ」

「私の金ではない。店の金だよ」

「だったら、あなたが命令して、店から支払わせなさい。あなたは理事長さんなんでしょ」

梅川は弥生に肉薄されて、言葉に詰まった。

もし支払いを拒否すれば、彼の弱味を公にするであろう。これは恐喝であった。

だが、梅川には弥生の恐喝を断乎《だんこ》としてはね返せない弱味があるらしい。

「わかった。なんとかするから、短気を起こしてはいけない」

梅川は弥生をなだめた。

それから間もなく、弥生の銀行口座に、梅川から二百万円が振り込まれた。

「弥生さん、大したもんじゃないか」

「とうとう東都信用金庫に慰謝料を支払わせたね」

「一体、理事長のどんな弱味を握っていたんだね」

六勇士は弥生が見事に、東都信用金庫から慰謝料をせしめた事実に驚いた。

「理事長の金玉をぎゅっと握っているのよ。ほかにもたくさんの大物の金玉を握っているから、どこからも文句は出ないわよ」

弥生は男っぽく笑った。

3

銀座クラブホステス殺害事件の捜査はその後、進展していなかった。

捜査が膠着《こうちゃく》している間に、東都信用金庫集金車襲撃、梁山荘人質事件が発生した。

人質の活躍によって、犯人一味は逮捕されたが、人質の中にいた近藤から包囲した警官隊にまぎれて、山上かおりを狙撃《そげき》した者がいると報告を受けた棟居は、ふたたび磯中が気になってきた。

磯中と入江牧子の間には確認はされていないが、ボン・ソワール時代、関係があったと推測される。

近藤からは、彼のアパートの入居者たちが協力して保護している山上かおりを頻々と襲撃した犯人が、山上の後妻、路子の委嘱を受けた磯中ではないかと示唆されている。

だが、かおりが最初に狙撃されたときはアリバイが成立した。

入江殺しの容疑は依然として消去されていないが、山上かおり狙撃については容疑圏外に去っている。

再度かおりが狙撃されたとなると、磯中を改めてマークせざるを得ない。

回収された銃弾は三〇口径弾である。日本では三〇口径の猟銃が最も普及している。

発射された銃丸は銃身を通過する際、弾体に腔綫《こうせん》を刻まれる。この腔綫模様およびその他の擦過痕跡《こんせき》が、銃器同定の有無を言わせぬ証拠となる。

磯中に協力を求めて、彼の猟銃を領置し、それから試験発射した銃弾と、梁山荘の現場から回収した銃丸を顕微鏡にかけて比較対照検査したところ、異なる銃器から発射されたことが確認された。

磯中の猟銃は二度目の狙撃においては使用されていない。

最初の狙撃では、銃丸は回収されず、磯中のアリバイが成立している。

やはり磯中は山上かおりとは無関係と断定せざるを得ない。

「刑事さん、もういいかげんにしていただけませんか。私はこの数年間、ハンティングに出かけておりません。この銃も蜘蛛《くも》の巣が張っていたくらいですよ。以前、所属していた猟友会からも脱会してしまいました。最近はハンティングよりも、もっぱらゴルフですよ」

磯中がうんざりした口調で言った。

「猟友会にどんな人が参加しているのですか」

棟居はなにげなく問うた。

「気の合ったハンター仲間で結成したのです。ほかの趣味のサークルと同じですよ」

磯中は完全に捜査圏外に去ったわけではないが、彼の容疑性は希薄になった。

磯中の所持する銃器がシロとなった上に、磯中が路子の委嘱を受けて、山上かおりに直接手を出すという想定も短絡にすぎる。

ようやく容疑線上に浮かんだ磯中が消去されてみると、当然の成り行きとして、山上路子の線も薄れてくる。

路子が息子の相続権を独占するために、独力でかおりに手を下すことはできない。これまでのかおりに対する数度にわたる襲撃は、素人の芸当ではない。

磯中が消去されてみると、路子が襲撃を委嘱できそうなプロは、彼女の身辺に見当たらない。

梁山荘の住人から警察に引き渡された樽井組の構成員は、自分たちのメンツのためにかおりを襲撃した事実を認めたが、山上路子から襲撃を委嘱されたことはないと否認した。彼らが路子を庇《かば》う必然性はない。路子と樽井組との間には、これまでなんのつながりもない。

また路子がプロに委嘱するというのも危険が大きすぎる。下手をすれば元も子も失ってしまう。捜査は振り出しに戻った。

4

松江勇作は、これまでかおりの身辺に発生した怪事件と襲撃事件を振り返った。

最初、新宿駅西口でかおりを初めて保護したとき、彼女は悪者に追われていたと訴えた。彼女を松江の部屋にかくまった後、ビルの上から鉢が落ちてきたり、電車が入線して来る前にホームから突き落とされかけたりした。

つづいて暴力団による殴り込みを数回受ける間に、忘年会の帰途の銃撃事件、および集金車強盗一味の押し込み事件が発生して、機動隊の背後からかおりが狙撃された。

これらの輻輳《ふくそう》する襲撃の中で、梁山荘に殴り込みをかけて来たのは樽井組の仕業と判明したが、鉢植え墜落事件、およびホーム突き落とし未遂事件、そして二度にわたる狙撃犯人の正体は依然として不明である。

山上喜一郎は松江にかおりを委嘱するに当たって、彼女が被害妄想癖があることを告げたが、必ずしも妄想癖ではなく、本当にかおりを狙っている者がいる。

犯人の意図は単に彼女を威嚇するだけではなく、確定した殺意をもって彼女を狙っている。その殺意は執拗《しつよう》である。

しかも、犯人はまだ目的を達成していない。犯人にとって、かおりに生きていられては都合の悪い事情が存在する。その事情とはなにか。

かおりにはその認識がない。だが、かおりが気がつかないか、あるいは忘れているだけで、犯人にとって都合の悪い事情は存続している。

「かおりさん、あなたには正体不明の犯人からたびたび狙われる理由があるはずだ。あなたが気がついていないか、忘れているのだ。もし忘れているのであれば、自衛のためにおもいだしてほしい。犯人はまた必ずやって来るよ。その前におもいだすんだ」

松江はかおりに言った。

「私には全然心当たりがありません」

かおりは首を横に振った。

「そんなはずはない。落ち着いておもいだしてごらん。犯人があなたを知っているということは、あなたもどこかで犯人に出会っているにちがいない。あなたは犯人にとって都合の悪いことを見たか、聞いたか、あるいはなにかをしたんだろう。あなたがそれを認識していないだけだ」

「私にはまったくおぼえがありません」

「落ち着いてよくおもいだすんだ。あなたが悪者に追跡されるようになる前、たとえば殺人事件や強盗事件、またなにかの犯罪を目撃したことはないかね」

「殺人や強盗など、目撃したことはありません」

「あなたが見ていなくとも、犯人はあなたに見られたとおもい込んでいるかもしれない。そうだ、火災の現場に行き合わせたことはないかね」

「そんなことはありません」

「路上のホールドアップ、喧嘩《けんか》、交通事故などは……」

「交通事故ですか」

かおりの顔色が少し動いた。

「交通事故になにか心当たりがあるのかね」

「そう言われてみると、突然、目の前に飛び出して来た人を病院に送り届けたことがあります」

「突然、目の前に飛び出して来たというと、かおりさんの車と衝突したのかい」

「際どいところで停めたつもりですが、車体がわずかにその人に接触したようです。車から出てその若い女の人を見ると、全身血まみれで、虫の息でした」

「車体がわずかに触れただけなのに、全身血だらけで虫の息だったと言うのかね」

「私もすっかり動転してしまって、その人を車の中に運び込んで、近くの病院に送り届けました」

「それはいつごろのことかね」

「去年の五月でした。深夜の裏通りで、雨が激しく降っていました」

「病院に送り届けてから、どうしたのかね」

「私、すっかりうろたえてしまって、病院の看護婦さんにその人を託すと、そのまま帰って来てしまいました。その後、どうなったか知りません」

「病院にあなたの名前や住所は告げたのかね」

「いいえ、病院側もその人の手当てに忙殺されている間に、なにも告げずに帰って来てしまいました」

「どうしてそんな重大なことを、いままで黙っていたんだね」

「おもいだすのが怖かったんです。もしかすると、あの人が死んでしまったのではないかとおもうと、怖くて怖くて、おもいださないようにしていました。でも、私があの人を轢《ひ》いたのではありません。最初はうろたえて、てっきり私が撥《は》ねたのだとおもいましたが、車体にもほとんど傷がついていなかったし、触れたか触れないかわからない程度の接触で、あんなひどい怪我をするはずがありません。あの人は私の車の前に飛び出す前に、もう怪我をしていたのだとおもいます」

「その女の人の顔をおぼえているかね」

「いいえ、暗かったし、慌てていたので」

「その場所をおぼえているかな」

「渋谷区か中野区の裏通りだったとおもいます。でも、おもいだせません」

「五月のいつごろだったかね」

「十日過ぎ……十一日か十二日、遅くとも月半ば以後ではありませんでした」

「その当時の新聞を当たれば、あるいは報道されているかもしれないな」

安全な現場

1

松江はかおりの朧気《おぼろげ》な記憶に基づいて、当時の新聞を当たってみた。五月十日ごろから十五日前後にかけて、渋谷区、あるいは中野区において、なにか事件が起きていないか。

サラリーマン現役時代は、このような情報はパソコンを検索して直ちに取り出していたが、いまは図書館へ赴いて、昨年の新聞を当たった。

目指す記事は五月十二日の夕刊に載っていた。

それによると、五月十二日午前一時ごろ、渋谷区西原一丁目の村井病院に、若い女性ドライバーが、路上に倒れていたという一人の女性を担ぎ込んだ。

村井病院では、その女性に救急手当てを加えたが、女性は鋭利な刃物で胸部および腹部を刺されており、手当ての甲斐《かい》なく、午前一時二十五分、出血多量で死亡した。

病院が女性を担ぎ込んで来たドライバーから事情を聴こうとしたが、そのときはドライバーは姿を晦《くら》ましていた。

村井病院から届け出を受けた警察が臨場して、死体は司法解剖に付された。解剖の結果、死因は心臓部の損傷に伴う心臓機能の不全と鑑定された。

所轄の代々木署では殺人事件と断定、捜査一課の応援を得て、代々木署に捜査本部を設置、本格的な捜査を開始した。

捜査本部では、被害者を村井病院に運び込んで来た若い女性ドライバーが事件に関わりを持っているとして、その行方を探している。

記事の大要は以上であった。

そして、さらに翌日、被害者の身許《みもと》が割れたと報道されていた。

記事によると、渋谷区富ヶ谷二丁目のメゾンアルハンブラの管理人が、被害者を十一日夜から帰宅していない同マンション三〇六号室の入居者、入江牧子（二十九）、ＯＬと確認したということである。

松江は入江牧子という名前に記憶があった。近藤から、山上喜一郎の身辺を探ったところ、彼の後妻、山上路子が以前勤めていた銀座のバーの後輩ホステスが殺されたという情報をつかんだと聞いていた。そのホステスの名前がたしか入江牧子であった。

近藤は警察時代の昔の仲間からその情報を仕入れたようである。警察直輸入の情報であるからまちがいあるまい。

松江は梁山荘《りょうざんそう》に帰ると、勤めから帰って来た近藤に確かめた。

「入江牧子です。五月十二日午前一時二十五分、渋谷区の村井病院で死亡が確認されています」

松江は言った。

「入江牧子をかおりさんが村井病院へ送り届けたと言うのかね」

近藤がびっくりした。

「時間も場所も名前も一致しています。まちがいありませんね」

「すると、牧子を殺した犯人が、かおりさんを襲ったり狙撃《そげき》したりということも考えられるね」

近藤の目が底光りしてきた。

「かおりさんは犯人の姿を見ていませんが」

「かおりさんは、入江牧子が車の前に突然飛び出して来たので、際どいところで車を停めたそうだね。そのときはすでに入江牧子は血まみれになって、虫の息だったとすると、犯人はそのとき、入江牧子とかおりさんのすぐ近くにいたのかもしれない。犯人はかおりさんに顔を見られたという意識があるのだろう」

「たとえかおりさんが犯人を見たとしても、犯人がだれか直ちには見分けられませんよ。それとも犯人が、かおりさんの顔見知りの人間であったとすれば……」

「あるいは有名人だったのかもしれない」

「入江牧子の身辺にかおりさんの顔見知りの者、あるいは有名人は浮かび上がっていないのですか」

「これまでの捜査では、浮かび上がったのは、磯中と山上路子の二人だ」

「その二人の容疑は薄くなったのでしょう」

「二人とも容疑者圏外に去ったと認めてよいだろう」

「しかし、かおりさんが入江牧子が殺された現場に行き合わせた事実は無視できませんね」

「彼女を襲って来た犯人の大きな手がかりになるとおもう。彼女は犯人の姿を見ていて、忘れているか、気がつかないだけかもしれないよ」

「その点は何度も確かめましたが、入江牧子以外の人間は見ておりません」

「松江さん、どうだろう、入江牧子に遭遇した地点へかおりさんを連れて行けば、なにかおもいだすかもしれないよ」

「私もそうおもって、その現場がどこか聞いたのですが、彼女、よくおもいだせないと言っていました」

「村井病院からあまり遠く離れていない地点であることは確かだ。まず、その現場を割り出してみようじゃないか」

近藤の示唆によって、かおりが入江牧子と遭遇した地点を探すことになった。

とは言っても、九ヵ月以上も前のことである。もともとかおりの記憶は確かではない。村井病院の近く、中野区か渋谷区の裏通りということだけが手がかりである。

五月十一日の深夜、かおりがなぜそんな場所を車で走っていたか、彼女に問われた。

「たぶんお友達の家に行った帰りだったとおもいます」

「友達の家ね。友達の住所は」

「幡ヶ谷《はたがや》です」

「そして、裏通りで入江牧子と出会い、彼女を村井病院へ運んで行った。村井病院の場所は前から知っていたのかね」

「いいえ。怪我人を車に乗せて、病院を探しながら走っている間に、看板を見つけて飛び込んだのです」

「すると、幡ヶ谷の友人と村井病院の間のどこかで入江牧子と遭遇したことになるね」

松江は地図を持ち出して来た。

友人の家は幡ヶ谷駅近くの幡ヶ谷一丁目にあった。友人の家を辞去して、山手《やまのて》通りへ出るために入り込んだ間道で、入江牧子と出会ったという。

「この辺の裏通りをしらみ潰《つぶ》しに走ってみよう」

2

弥生から借りたマイカーにかおりを乗せ、近藤が同乗し、松江が運転した。

時間もほぼ同じ時間帯の深夜に出かけた。表通りには依然として車の列が絶えないが、裏通りに入ると、さすがにこの時間帯には通行車がまばらになる。時にはまったく通行車の影が絶える。この地域はゆるやかな起伏と、小さな道が輻輳《ふくそう》している。小住宅街の間に侵入して来た高層マンションや瀟洒《しょうしゃ》なアパートが散在する。

松江は幡ヶ谷一丁目から西原を中心とする山手通り、甲州街道、小田急線に囲まれた界隈《かいわい》の裏通りや小道をしらみ潰しに走った。

小路に面した小住宅は寝静まっているが、そのかなたに新宿の超高層ビル群が、壁面に光をまぶして林立している。

暗いスペースを置いて、かなたに簇《むら》がり立つ巨大な光の塔は、それを見る地点がどんなに寂しい一隅でも、まぎれもなく東京であることを示している。

距離をもうけて眺める都会の夜景は、その中心に身を置いているときよりも華やかであり、それほどの距離でもない空間の隔たりが、都会の魔性や醜悪なものを束の間、糊塗《こと》してくれる。

見方によっては、ため息が出るほどの人工美の極致であるが、この都会で挫折《ざせつ》した者や裏切られた人間には、むしろその美しい夜景が憎悪の対象となるであろう。

この界隈は新都心に近いわりに閑静であるが、マンションの陰、あるいは低い家並みの上に必ず新宿の超高層ビル群が、灯台の集落のように覗《のぞ》いている。

たしかに新宿の超高層ビル群は東京の灯台であった。野心ある若者たちに、ここまで上って来いと励ます灯台であると同時に、挫折した人間たちの夥《おびただ》しい夢の死骸《しがい》を葬る墓石として、東京のどこからも視野に入る位置を占めているようである。

夢の象徴、あるいは死屍《しし》、いずれにしても人工美の一つの行きついた姿であることはまちがいない。

都会で挫折した夢が、かくも美しく葬られるのであれば、都会の死も本望であるとおびき寄せるような欺瞞《ぎまん》に満ちた燭光《しょっこう》であるが、無心に眺める限り、大都会の夜を彩る人工美の達成であった。

三人は新宿の灯群に目もくれず、暗い小路から路地へと走った。かおりの記憶は一向に喚起されない。彼女の目には、どこも同じような暗い路地に映るらしい。

突然、かおりが小さな声を発した。

「なにかおもいだしたかい」

松江は耳聡《みみざと》く彼女の声を聞き留めた。

「いまタイヤがカタンカタンと鳴らなかったかしら」

「そういえば軽いショックがあったようだね。路上になにかあったのかもしれない。それがどうしたのかね」

「あの夜、あんな音を聞いたような気がするの、あの人と出会う前に。気のせいかもしれないけれど」

「いや、本当に聞いているかもしれない。もう一度確かめてみよう」

松江は車をUターンさせると、引き返した。直ちに前輪と後輪が路上の異物をまたいだような軽い衝撃を伝えてきた。

「これだ」

松江はブレーキを踏んだ。

車を路傍に停めて路上に降り立った。片側に寝静まった小さな家並みがつづき、反対側は鉄柵《てつさく》に金網を張りめぐらした空き地となっている。そのかなたに新宿方面の夜景が望める。

「あった。これだ」

近藤が路面を指さした。そこにマンホールの蓋《ふた》がはめ込まれてある。

近藤が蓋の上に立って踏みしめた。蓋のはめ込みがわずかに甘く、近藤が体重をかけるつど、カタカタと小さな音を発して振動する。

この上を車が通過するたびに、蓋が鳴り、車体に振動を伝えたようである。

「このマンホールを通過した後、入江牧子に遭遇したのかね」

「たぶん。振動をおぼえて、はっとした途端に、目の前に人が飛び出して来たような気がします」

「すると、このあたりということになるな」

近藤は改めて周囲を見まわした。暗い寂しい道がつづいている。通行車も通行人も絶えている。夜行性の猫も歩いていない。

「人はどちらの方角から飛び出して来たのかね」

「たしかあちらの方角だったわ」

かおりは鉄柵で囲まれた空き地の方角を指さした。

鉄柵の奥には、闇をたたえた、空き地というよりは広々とした原が広がり、そのかなたに超高層ビルが簇がり立っている。

なにかの施設が撤去された跡地らしい。都心部に近い東京では、奇跡のような空間である。

近隣の人間には絶好の犬の散歩コースとなり、またアベック天国となりそうである。だが、この時間帯ではまったく人気はない。

「こんな真夜中に、空き地から入江牧子が出て来たのかね」

近藤が首をかしげた。

鉄柵によって囲まれた空き地には、出入りできそうな間隙《かんげき》は見えない。

「どこかに抜け穴があるかもしれません」

松江が言った。

一人では気後れするような夜の空き地には、いかにも凶悪なものが潜んでいそうな黒々とした闇がわだかまっている。

三人は鉄柵に沿って抜け穴を探し始めた。

「あっ、あった。ここだ」

松江が叫んだ。

空き地に向かって左端の金網が押し広げられ、人間一人が出入りできるほどの穴が開いている。そこから多数の人間が出入りしているらしく、地面も踏み固められている。

三人は一人一人抜け穴を潜って、空き地の中へ入った。

空き地は広々とした草原になっていて、新宿方面に向かって段差がある。

新宿方面の夜景を眺めるには絶好の展望台の形となっている。

「きっとここで女は犯人に襲われて、抜け穴から通りへ逃げ出したんだろうな」

近藤が推測した。

「きっと犯人は入江牧子の顔見知りの者だったんでしょうね」

松江が言った。

そうでなければ、深夜、こんな寂しい空き地に若い女が誘い込まれるはずがない。

「二人の密談には持ってこいの場所だ。新宿の夜景でも見ながら話し合おうと、この空き地に誘い込んで、殺そうとしたのが、重傷を負いながらも被害者は必死に逃げ出した。もしかおりさんの車が通りかからなければ、被害者は犯人に追いつかれて、止《と》めを刺されていたところだよ。犯人にとっても入江牧子に逃げられたのは予想外のことだったろう」

「犯人はかおりさんに被害者を横奪《よこど》りされた形になりましたね。被害者の生死が確認されるまでは、生きた心地がしなかったでしょう」

「報道で入江牧子が死んだことを知って、ほっとすると同時に、犯人はかおりさんに顔を見られたのではないかという不安が募って、かおりさんを再三襲撃して来たのだろう」

「ということは、かおりさんが被害者を救ったとき、犯人はかおりさんの至近距離にいたことになりますが」

「そういうことになるね」

「この空き地に誘い込んだのは、もしかすると犯人ではなく、被害者の方かもしれませんよ。入江牧子の住所はここからそれほど離れていません。歩いても来られないことはない距離です」

「夜、こんな寂しいところに犯人と一緒に歩いて来たとしたら、ますます被害者と犯人は親しい仲だったということになるね」

だが、被害者の身辺には特定の男は浮かび上がっていない。

「女の犯行ということは考えられませんか」

「入江牧子殺しに関する限り、女でも可能な犯行だが、その後、かおりさんを再三、襲撃や狙撃《そげき》した手口は、女の芸当ではむずかしいね」

「プロに委嘱したと想定するのも飛躍ですか」

「プロに委嘱するくらいなら、最初から入江牧子殺しをプロに任せただろう。入江殺しをしくじって、かおりさんの口を塞《ふさ》ごうとしているのは、プロの手口とはおもえない」

「被害者の身辺に男が影も形も現わしていないということは、よほど巧妙に会っていたのですね。なぜ、関係をそれほど秘匿する必要があったのでしょうか。まさかつき合っているところから、殺そうとしていたわけではないでしょう」

「犯人に家庭や社会的な地位があって、不倫の関係が露見すると不都合な事情があれば、関係を秘匿したとしても不思議はない。執拗《しつよう》にかおりさんを狙っているところを見ても、犯人はかおりさんに顔を見られたという意識がある。犯人がかおりさんの顔見知りの者でなければ、一般に顔を知られている有名人ということになるね」

「もしそうなら、犯人はかおりさんがなぜ黙秘しているのか、不思議におもわないでしょうか。かおりさんにしてみれば、再三襲撃して来る犯人を庇《かば》う必要はまったくありません。彼女が犯人の顔を見ていれば、必ず明らかにするはずです。かおりさんが黙秘しているということは、犯人を見ていなかったか、あるいは見ていても犯人を知らないと考えてよいでしょう。黙秘はかおりさんが犯人にとって脅威ではない目撃者ということになります。脅威ではない目撃者の口を、なぜ執拗に閉ざそうとするのでしょうか」

「かおりさんの黙秘は、必ずしも犯人にとっては庇っていることにはならない。おもいださないだけかもしれない。犯人はかおりさんがおもいだす前に口を閉ざそうとして、躍起になっているのかもしれないよ」

「犯人が執拗に襲撃を繰り返せば、せっかく眠っているかおりさんの記憶を起こしてしまうかもしれません。もしかしたら、犯人は有名になりかけているのではないでしょうか」

「有名になりかけている？」

「つまり、犯行時は無名の人間であったのが、チャンスが訪れて売り出そうとしている。犯人にとっては千載一遇のチャンスをつかみたいが、自分が有名になって、顔がかおりさんの目に触れるのが怖い。そこで有名になる前にかおりさんの口を永久に閉ざそうとした……」

「なるほど。そういう可能性も考えられるね」

近藤がうなずいて、

「すると、犯人は有名になることを予測して、入江牧子との関係を秘匿していたということになるね」

「被害者との関係を秘匿したのは、必ずしも犯人の意志によるものだけではなく、被害者の都合もあったかもしれません。銀座の一流クラブのトップホステスとして男がいることがわかっては、人気に影響するでしょう」

「なるほど、本人の都合もあったかもしれないな。この空き地で犯人と入江牧子の間に、一体、どんなやりとりがあったんだ」

近藤は闇をたたえた空き地の方角を睨《にら》んだ。かなたに光を満たした超高層ビルの林を隔てて闇を孕《はら》んだ一隅は、いかにも大都会の凶悪な謎を隠しているように見える。

新宿の光もここまでは届かない。仮に届いたとしても、被害者にとってはなんの救いにもならない。都会の灯台のような超高層ビルの灯火の集塊が、被害者にとってはなんと無情に、無力に映ったことであろうか。

闇を探る近藤の目は、現役時代の刑事の目に還《かえ》っていた。

「近藤さん、ここにこんなものが引っかかっていますよ」

抜け穴の一点に目を近づけた松江が、金網の先端からなにかをつまみ取った。

「繊維のようだな」

近藤が松江の指先に視線を転じて言った。

「この抜け穴を出入りした人間の衣類が引っかかったんでしょう」

「おや、こっちにも同じような繊維が引っかかっているぞ」

近藤が指先を伸ばして、金網のべつの箇所から繊維の切れ端のようなものをつまみ上げた。見比べてみると、同じ繊維である。

「この抜け穴はかなり大きい。日ごろ出入りし馴《な》れている者は、金網に引っかかったりはしないでしょう。追われている者が慌ててこの抜け穴を通り抜けようとして……」

松江と近藤は顔を見合わせた。二人の胸の内で共通のおもわくが脹《ふく》れ上がっている。

近藤が馴れた手つきで金網の先から採取した繊維くずをハンカチに包んだ。

これを入江牧子が殺害された当時、着用していた衣服と対照してみようというわけである。

近藤から繊維の照会を受けた棟居は、早速、捜査本部に証拠資料として保存されてある、犯行時、被害者が着用していた衣服と対照した。

対照検査をした鑑識は、その繊維の断端が入江牧子の着用衣類と同一繊維であることを確認した。

捜査本部は色めき立った。これまで不明であった犯行現場が、にわかに特定されようとしている。改めて、その地域、西原一丁目の空き地が綿密に検索された。

事件発生時からすでに九ヵ月以上経過しているので、犯行の痕跡《こんせき》や、犯人の遺留資料発見の見込みは薄かったが、犯行現場の特定は捜査の基礎である。

件《くだん》の空き地は西原一丁目のある大学の校舎跡地で、現在、渋谷区の複合施設建設予定地となっている。

地元の住人の反対運動に出合って、現在、予定地域に鉄柵《てっさく》と金網が張りめぐらされ、空き地のまま放置されている。

鉄柵は一車線幅の間道に沿って張りめぐらされている。構内は新宿方面に向かって緩い下り勾配《こうばい》をなし、途中、段差の下はグラウンドとなっている。

一応、立入禁止の体裁をとっているが、そんなことにはおかまいなく、近隣の住人たちは恰好《かっこう》の犬の散歩場や、各種スポーツのグラウンドに利用している。

構内空き地には、見事な柳の木を中心に、桜、松、杉の疎林が立ち、新宿方面に向かって右手の隅には四階建てのコンクリートの廃校舎が取り残されている。

窓は破れて、内側から鉄板が押し当てられている。四階の窓のみ、破れたまま暗い暗渠《あんきょ》を外壁に開口している。

だが、いまだ殺人の現場に利用した者はいない。

鑑識班が改めて金網の抜け穴を綿密に検査した。

その結果、出入りした人間の衣類の断端とみられる繊維や頭毛、犬と推測される動物の体毛などを採取した。

これは必ずしも犯人や被害者の遺留品とは限らない。同抜け穴を通行した人間や動物が引っかけたものかもしれない。

空き地を中心として、近隣一帯に聞き込みの網が拡げられた。

五月十一日深夜、この界隈《かいわい》で聞きつけた異常な気配はなかったか。見慣れない人、物を見かけなかったか。なにか拾得しなかったか。不審な人物、あるいは車を見かけなかったか、など、捜査員は丹念に聞きまわって情報を集めた。

すでに九ヵ月以上も前の深夜のことなので、目ぼしい情報は集まらなかった。

捜査員は徒労の疲れが身体に重く澱《よど》んでいくのに耐えながら、あきらめずに聞きまわった。

3

棟居が代々木署の菅原と一緒に聞き込みをつづけていると、突然、小さな人影が彼の前に立って、両手を広げた。いわゆる通せんぼである。

小学二、三年生と見える少女が、彼の前で通せんぼをしながら、「こんばんは」と言った。

菅原の前にも同じくらいの年ごろの少女が、通せんぼをしながら、こんばんはと声をかけた。

彼らは少しびっくりしながらも、こんばんはと挨拶《あいさつ》を返した。聞きまわっている間に、街角に夕闇が薄く降り積もっている。

二人から挨拶を返された少女たちは、「やったあ」と言いながら、また通りを歩いて来たべつの通行人の前に立ち塞《ふさ》がって、両手を広げ、こんばんはと声をかけた。

見知らぬ人間とみだりに言葉を交わしてはいけないと教え込まれている今日の子供たちには、珍しい行動である。

棟居と菅原は興味深く、二人の少女を見守っていた。

声をかけられた通行者は、最初、いずれもびっくりしたような表情をしたが、こんばんはと言葉を返す者、黙って苦笑しながら通り過ぎる者、まったく無視する者、あるいは眉《まゆ》を顰《ひそ》める者など、反応はさまざまであった。

マラソンマンが通りかかったが、まったく無視して走り去った。

おおむね若い女性は無視し、男たちは苦笑し、年配の男女は挨拶を返した。

少女たちはふたたび刑事たちの前にやって来た。彼女らの一人が、すでに二人に声をかけたことを忘れてしまったらしく、棟居の前に立って、こんばんはと挨拶した。

「さっき挨拶したじゃないか」

棟居が笑って少女の頭を軽く叩《たた》くと、少女は、

「おじさんたち、優しい人」

と言って、走り去ろうとした。棟居はふとおもいついて、

「おねえちゃんたちのしている遊びは、なんと言うんだい」

と問うた。

「こんばんはゲームと言うんだよ。歩いている人にこんばんはと声をかけて、どちらが多く返事をしてもらうか競争するの」

「面白い遊びだね。今日はどっちが勝ったんだい」

「いまのところ、私の方が二人多いんだよ」

「これから抜かれるかもしれないね。でも、そろそろ暗くなってきたから、お家《うち》に帰った方がいいよ」

「うん、そうする。おなかがすいてきたもん」

「そうだ、去年の五月十一日か十二日ごろ、こんばんはゲームをしていなかったかい」

棟居はふとおもいついて問うた。だいぶ以前なので、仮にしていたとしてもおぼえていないだろうと半ばあきらめながらも、一応聞いてみた。

「うん、していたよ」

意外にも少女は自信のある口調で答えた。

「していたって。それは五月十一日かい、十二日かい」

「五月十二日だよ。ちょうど夕方いまごろ、サッちゃんと一緒にこんばんはゲームをしていたよ」

と少女は友達を振り返った。友達もうなずいた。

「どうしてそんな前のことをよくおぼえているんだね」

二人のやりとりを興味深そうに聞いていた菅原が口を挟んだ。

「五月十二日はミゲルの命日なんだよ」

「ミゲルって、なんだね」

「ミゲルは家にいた猫なの。その猫が一昨年《おととし》の五月十二日に死んだんだよ。だから、よくおぼえているの」

「そうか。ミゲルの命日だったんだ。そのとき、こんばんはゲームをしていて、なにか気がついたことはなかったかね。たとえば様子のおかしい人とか、気持ちの悪い人とか、この辺で見かけない人とか、なんでもいいから、きみたちが変だなとおもったことはなかったかい」

棟居は問うた。

「あったよ」

今度はサッちゃんが答えた。

「あったって？」

刑事はもう一人の少女の方に視線を転じた。

「私とエリちゃんがこんばんはゲームをしていたら、男の人があの空き地から出て来たんだよ。私がこんばんはと言ったら、もの凄《すご》く怖い顔をして睨《にら》みつけたの。あんな人は初めてだった」

「いたいた、怖い男の人だったね。ズボンを泥だらけにして、なんだか地面を這《は》いまわっていたような恰好だった。でも、顔を隠すようにして逃げて行っちゃったよ」

エリちゃんが言った。

「顔を隠すようにして逃げて行ったのかい」

「うん。この辺の人じゃなかったみたい」

「どんな男の人だったの」

「背が高くて、細い顔をしていて、サングラスとマスクをかけていたよ」

サングラスとマスクは変装を推測させる。

「その男の人にもう一度会ったんだよ」

エリちゃんが言葉を追加した。

「もう一度？」

「その次の次の夕方、サッちゃんとまたこんばんはゲームをしていたとき、その男の人に会ったんだ」

「二度会ったということは、この近くに住んでいる人じゃないのかい」

「ちがうとおもうよ。近所の人だったら、顔を隠さないよ」

「また空き地から出て来たのかい」

「うん。今度は登山帽をかぶってサングラスをかけていたので、べつの人かとおもってこんばんはしたら、顔を背けて行っちゃったよ。でも、あの人は二日前にこんばんはした男の人と同じ人だった」

「ズボンは泥だらけになっていたかね」

エリちゃんは首を横に振って、

「そのときは泥はついていなかったよ」

「その男の人は犬を連れていたかね」

「連れていなかったよ」

「だれかと一緒にいたかい」

「一人だったよ」

「なにかスポーツ、野球とかマラソンとか、バドミントンなどをやっているような人ではなかったかい」

「ちがうみたい」

「その男の人にもう一度会えばわかるかな」

「わかるかもしれないし、わからないかもしれない」

少女は言った。

「もしおもいだしたら、おじさんたちに連絡してくれないかな」

棟居はエリちゃんに名刺を渡した。

「おじさんたち刑事なの」

「わあ、カッコいい」

二人の少女は目を輝かせた、テレビのイメージを二人に重ねたらしい。

「私たち、少女探偵団だね」

「そうだよ。きみたちの協力がぜひ欲しい」

かたわらから菅原が調子のいいことを言って、おだて上げた。

二人の少女からの聞き込みは、刑事たちの意識に引っかかった。

「五月十二日というのが気になりますね」

菅原が言った。

「あの年ごろの少女の勘は鋭いものがあります。犯人が犯行後、現場に戻るとはよく言われていることです。まして、犯人にとっては現場はまだ警察に知られていない安全な場所です。安心して舞い戻って来られたでしょう」

「少女たちの言葉によると、その男のズボンは泥だらけになっていたそうです。なにか探していたんでしょうか」

「犯人が現場になにかを落としたとします。犯行後、現場を立ち去ってから、失ったものに気づいた。慌てて現場へ戻って探しまわったということでしょうか」

「探し当てて、回収したでしょうか」

「少女が二回見かけたということは、少なくとも二回以上、現場に立ち戻ったことを意味します。犯人にとっては安全な現場ですから、失ったものを探し出すまでは、何回でも現場に戻って来たでしょう。少女たちの目には二回触れたが、実際にはそれ以上立ち戻っているかもしれません。失ったものが犯人の身許《みもと》を示すような致命的なものであれば、探し出すまでは何度でも戻って来たでしょう」

少女が見かけたという背の高い、細身の男は、棟居の意識にクローズアップされた。犬も連れていない界隈《かいわい》の住人でもなさそうな人間が、二度も空き地へ立ち入ってなにをしていたのか。

犬の散歩、カップル、スポーツ目的でもない男が、一人で立ち入るほど魅力のある空き地ではない。

その男は犯行になんらかの関わりのある人物として刑事らの意識に定着し、比重を増していた。

知りすぎた？ 女

1

その後、しばらくはかおりの身辺は平穏無事であった。

だが、松江は凝《じ》っと機会をうかがっている狙撃《そげき》者の目を感じていた。狙撃者はまだ目的を達していない。

暴力団と山上の後妻の線が薄れて、第三の狙撃者の線が最後の一本として残された。

再三にわたる襲撃にもかかわらず、犯人は影も形も見せていない。手がかりは皆無である。

ようやく入江牧子との関わりを探り出し、牧子との遭遇地点を割り出したものの、狙撃者の解明にはなんの貢献もしない。

現場から発見した繊維のくずは、入江牧子の衣類の切れ端と鑑定されたが、犯人に一歩も近づいていない。

いや、こちらは近づいていないが、犯人の方から接近して来ている気配が感じ取れる。

これまでは僥倖《ぎょうこう》によって躱《かわ》して来たが、一発必中の射撃の腕を持っている犯人から、果たしてかおりを守り通せるか。松江には自信がなかった。

弁慶の蛮勇も、他の五勇士の特殊技能も物陰から照準を定めている狙撃者に対しては通じない。犯人は至近距離に身を潜めている。こちらからの距離は少しも縮められないのに、相手が着実に近づいている気配は不気味であった。

松江ははっとした。犯人が至近距離に潜んでいるという自らの発想に、はっとしたのである。

鉢植え墜落、ホーム突き落とし未遂、そして二度にわたる狙撃といい、犯人はかおりの生活態様を把握している。もしかすると犯人は、かおりの近くに潜んでいるのではあるまいか。

特に第三の路線の襲撃は、松江がかおりを庇護《ひご》してから踵《きびす》を接するようにして発生した。つまり、犯人は松江の住居の近くに住んでいるのではあるまいか。

忘年会の帰途、および集金車強奪一味の押し込みにまぎれての狙撃は、近所に住んでいなければできない芸当である。

梁山荘《りょうざん》を機動隊が十重二十重に囲んだ陰から狙撃してきた犯人は、機動隊と野次馬の中にまぎれ込んでいたと推測されたが、それは犯人にとってかなり大きな危険を冒すことになる。

機動隊と野次馬の間にライフルを抱えて入り込めば、たちまち衆目を集めてしまう。また機動隊が埋《うず》めた界隈《かいわい》に据銃地点を見つけるのは、かなり難しい。

だが、自分の住居であれば人目を気にせず据銃地点を確保でき、じっくりと獲物を狙うことができる。いや、自分の家である必要はない。友人、知己の家を借りてもよい。

警察としても、集金車強奪犯人が狙撃された後、当然、周辺を捜索しているであろうが、狙撃者の的を強奪一味において捜査を進めている。

松江が狙撃者の本命目的はかおりにあって、黒住（集金車強奪犯人）は巻き添えを食ったと主張したが、警察は一応意見として聞いておくという態度であった。

松江は改めてかおりを問いつめた。

「きみが黒住に窓際に引き立てられて楯《たて》にされたとき、狙撃された。おそらく狙撃者はきみを狙ったのが、わずかに狙いが逸《そ》れて、黒住を撃ってしまったのだろう。そのとき、なにか気がついたことはなかったかね」

「気がついたことと言うと……？」

「犯人は窓際にきみの姿を認めて引き金を引いた。すると、きみの視野にも狙撃者が入っていたかもしれない。いや、入っていたはずだ」

「警察の車と警官と、野次馬が大勢いたわ」

「その中に犯人がまぎれ込んでいたんだ。発砲の瞬間、なにか見なかったかね」

「無我夢中だったので、わからなかったわ」

「よくおもいだすんだ。現にきみは忘れていたとおもっていた入江牧子との遭遇や、その場所をおもいだしたじゃないか。銃で撃たれた瞬間、なにかを見なかったかね、たとえば発射の閃光《せんこう》とか、硝煙のようなものは見えなかったか」

「閃光？　そう言えば……なにか光ったような気がしたわ」

「なにか光った……どこに光ったんだね」

「向かいのアパートの窓のどれかがチカッと光ったように見えたわ」

「どのアパートのどの窓かわかるかね」

「管理人室から見れば、わかるかもしれないわ」

「早速、管理人の部屋に行ってみよう」

二人は管理人室へ行った。

居合わせた管理人の細君に事情を話して、通りに面した窓を開き、窓際に立たせてもらった。

先日、通りを埋めた警察の車と機動隊と野次馬は消えて、通行人もまばらな午後の路上はしんとして、周囲の家並みも昼寝をしているように見える。

道路を挟んで小住宅と二階建てアパート、その背後にこの数年の間に界隈に割り込んで来た中型のマンションやプレハブアパートが重なって見える。

東京のどこにでも見かけられる平凡で、典型的な窓の眺めである。まだ隣家の壁によって窓が塞《ふさ》がれているのよりはよい。

「どの窓が光ったか、おぼえているかね」

「たしかあの窓だったとおもうわ」

かおりは道路対面に並んでいる小住宅のかなたに、二階を覗《のぞ》かせているプレハブアパートの窓の一つを指さした。

距離約三百メートル、ライフルの殺傷力が最も高まる距離である。

梁山荘よりは新しいが、松江が入居したときにはすでにその位置に建っていたアパートである。松江はようやく手応《てごた》えをおぼえた。これまで影も形も見せなかった犯人の尾を、ようやく捕えたような感触である。

そのアパートの名前は「ハイム・ワンドア」で、かおりが閃光を認めた窓は二〇八号室、入居者は岡野真澄《おかのますみ》という女性である。

松江は自分の着眼を近藤に伝えた。近藤は大変興味を持った。

「それは面白い着想だね。いや、大いに見込みがあるよ。おれは犯人がこの界隈に住んでいるか、関わりを持っているとは考えなかった。意識の盲点だったね。早速、岡野真澄の身辺を洗ってみよう。なにか面白いことがわかるかもしれないよ」

近藤は張り切った。

ハイム・ワンドアの住人、岡野真澄は二十五歳の赤坂のある健康食品会社に勤めるＯＬで、入居したのは五年前ということである。

独身であるが、管理人の話によると、時どき訪問して来る男がいるらしい。

それ以上の身辺内偵は捜査権を持たない個人の限界を超える。下手にいじくりまわして、犯人に勘づかれれば高飛びされてしまうし、見当外れであれば個人の人権を侵すことになる。

2

近藤から連絡を受けた棟居は、傍目八目《おかめはちもく》の着眼に興味を抱いた。それだけで捜査本部を納得させるのは難しいが、狙撃の的にされた人質が、発射時認めた閃光は見過ごしにはできない。

犯人の狙いが黒住、またはかおりのいずれにあったにしても、据銃地点を割り出す手がかりとして、かおりの証言は重大である。

ましてや狙撃者の本命の的はかおりにあったとするのは、傍目八目ならではの斬新《ざんしん》な着想である。

棟居は捜査会議にかける前提として、岡野真澄の身辺を内偵することにした。

岡野真澄は現在二十五歳、赤坂二丁目の健康食品会社「ナチュラルボーン株式会社」に勤務しているOLで、五年前、同社に入社とほぼ同時にハイム・ワンドアに入居した。

出身は石川県七尾《ななお》市、地元の高校を卒業後、東京の短期大学に進学、卒業と同時に同社に入社した。

評判の美貌《びぼう》の主で、在学中、学園祭の女王に選ばれ、前後してナチュラルボーンのイメージガールに起用された。

これを契機に、本人は芸能界に打って出る野心があったらしいが、卒業直前に健康上の理由から芸能界デビューを断念して、ナチュラルボーンに入社した。

入社後、今日まで同社の接遇課、すなわち受付係を務めている。

特定の関係の男性はいない模様である。

棟居はふとおもいついて、ハイム・ワンドアの管理人に尋ねた。

「岡野さんを時折、訪問して来るという男は細身長身ではありませんか」

「よくご存じですね。スリムでなかなか苦みばしったハンサムでしたよ」

管理人は答えた。

「その男はよく訪ねて来ましたか」

「いいえ、二、三度、ちらりと見かけただけです。たいてい夜遅く、人目を憚《はばか》るように来て、知らない間に帰りました。たまたま駐車場や廊下で岡野さんと一緒にいる場面を、ちらりと見かけただけです」

「近所の梁山荘に集金車襲撃一味が立てこもったとき、岡野さんの家にその男を見かけませんでしたか」

「ああ、あれは大事件でしたね。この界隈にあれほどたくさんの警官やマスコミが押しかけて来たのは初めてです」

「どうでした。そのとき男を見かけましたか」

「さあ、おぼえていませんね。実は私も梁山荘の前で見物していましたので」

ハイム・ワンドアの管理人から聞き出したことは、以上であった。これ以上は岡野真澄本人から直接聞く以外にはない。

棟居は調べた結果を捜査本部に報告した。

「狙撃者《そげき》が集金車強盗犯人を狙ったのではなく、山上かおりを狙ったというのは素人の憶測にすぎない。その素人がたまたま対面のアパートに見かけた閃光というだけでは、根拠に乏しい」

早速、山路が異議を唱えた。

「山上かおりは入江牧子が重傷を負わされた現場に行き合わせています。犯人が顔を見られた虞《おそれ》のある山上かおりを狙った公算は、極めて大きいと考えますが」

棟居は切り返した。

すぎない」

「入江牧子と山上かおりが遭遇したというのも、山上の申し立てにすぎない。遭遇地点も極めて曖昧《あいまい》であり、牧子の衣服繊維もいつ残されたのか確認されていない。犯人がその場にいたかどうかも確かめられていない。したがって、入江牧子を死に至らしめた犯人が、目撃者のかおりの口を封じようとしている動機は、かおり本人の申し立てに基づく推測にすぎない」

山路は引き下がらなかった。

彼はもともと、入江殺しとかおりに対する襲撃の関連性に懐疑的であった。

「入江牧子と山上かおりを切り離しても、何者かが集金車強盗犯人と山上かおりを同時に狙撃したことは事実です。論より証拠、岡野真澄の居宅に火薬反応テストを実施してはいかがでしょうか」

発射と同時に大量の火薬が射主、および周辺に飛散する。発射煙の痕跡《こんせき》は、発射後当分の期間、どんなに洗っても洗い落としきれない。

テストに反応すれば、銃器を発射した有無を言わせぬ証拠となる。

だが、火薬反応テストは個人の住居に対してみだりに行なうべきではない。銃器を使用したと認めるに足りる相当な理由があった場合のみに限るべきである。

岡野真澄は射撃の経験はない。銃器所持の許可も下りていない。およそ銃器とは無縁の人生である。

「火薬反応テストを行なう前段階として、岡野真澄から事情を聴いてはいかがでしょう」

菅原が折衷案を出した。

捜査本部にとってはずいぶんと迂遠《うえん》な取り調べである。だが、捜査が八方塞がりのいま、山上かおりだけがわずかに残されている糸口であった。

那須が岡野真澄の事情聴取を決定した。

3

二月二十一日午前零時三十分ごろ、新宿区西新宿二丁目にある超高層ホテル「新宿プラザーズホテル」のフロント係山谷《やまや》は、宿泊客の一人から苦情電話を受けた。

隣室のテレビがうるさくて眠れないので、注意をして欲しいという要請である。

山谷は早速、ベルボーイの水野《みずの》を伴って、苦情《コンプレーント》を受けた客室へ向かった。客の苦情を鵜《う》呑みにするわけにはいかない。まず、フロント係が自ら苦情の内容を確かめた上でなければ処理できない。苦情を訴えてきた客室の前に立つと、たしかに隣室の方角からテレビの音声が聞こえてくる。廊下にいてこれだけの音声が洩《も》れるのであるから、隣室では眠れないであろう。

苦情の源を確かめた山谷は、その階のフロアステーションから、当該客室に館内電話をかけた。だが、応答はない。コールベルが虚《むな》しく鳴り響いている。

「おかしいな。テレビをつけっぱなしにして外出してしまったのかな」

山谷は同じ館内電話を用いてフロントを呼んだ。

フロントの同僚に、件《くだん》の客室のキーの有無を問うた。

キーボックスにキーがあれば、客が外出していることを示す。だが、中にはキーを持ったまま外出する客もいる。

キーボックスにキーはなかった。

山谷は件の客室一六二四号室の客が、岡野真澄という女性であることを確かめた。

山谷はテレビの音を垂れ流している一六二四号室の前に戻って、チャイムを押した。だが、応答はない。

山谷は何度か虚しくチャイムを押した後、ノックをした。依然として室内にはなんの気配も生じない。

「水野君、フロアキャプテンに言って、マスターキーを持って来させてくれ」

山谷は同行して来たベルボーイの水野に命じた。

間もなく水野がフロアキャプテンの岡部《おかべ》を伴って来た。

「どうかしましたか」

岡部が問うた。

「テレビがうるさいというコンプレーントがありましてね。部屋をいくら呼んでも応答がありません。これだけ呼んでもなんの気配もないのが気にかかるので、ちょっと覗《のぞ》いてみたいのですが」

「留守ではありませんか」

岡部は客の不在中、部屋を覗くことにためらいをおぼえているらしい。

「キーボックスにキーがありません。それに、テレビをつけっぱなしにしたまま外出してしまったとすれば、近くのお客様の迷惑になりますので」

岡部はやむを得ないといった様子で、マスターキーでドアを開いた。室内の灯《あか》りは消えていて、テレビの映像が明滅している。

ドア口からベッドの位置は死角になっている。

「岡野様、お休みでしょうか」

山谷はドア口に立って、声をかけた。応答はなかった。人の気配も感じられない。テレビの音声だけが虚しく室内を満たしている。

「もしお休みでしたら、テレビの音声を少し下げていただけませんでしょうか」

山谷はなおもドア口から声をかけた。依然としてまったく無反応である。寝息や鼾《いびき》も聞こえない。これだけ呼びかけてなんの反応もないということは、不在と見てよいだろう。テレビを消せば、こちらの用事は達せられる。

山谷は水野と岡部と顔を見合わせて、うなずいた。

客の不在中、客室へ立ち入るのは極力控えるべきであるが、やむを得ないと判断した。

室内に踏み込むと、ベッドは人の形に盛り上がっている。三人は、しまったと立ちすくんだ。女性客が眠っている部屋に踏み込んでしまった。

慌てて踵《きびす》を返そうとした山谷は、異常な気配を察知した。いや、気配がまったくなかった。それが異常な気配となってうずくまっているようである。

ベッドの上の盛り上がりは微動だにしない。

「おい、様子がおかしいぞ」

山谷は水野に言った。

「お客様、お客様」

岡部は声をかけた。だが、返答はない。

山谷はおそるおそるベッドサイドに近づいた。毛布を深く被《かぶ》り、枕元に女性の長い黒い髪が乱れている。顔は壁際を向いていて見えない。

山谷はおもいきってルームライトを点灯した。同時に、水野がテレビを消した。

4

「あれあれ」

岡部が枕元を指さした。浴衣《ゆかた》の腰紐《ひも》の端が乱れた髪のかたわらに少し覗いている。どうやらその紐は首の周囲に巻きつけられているようである。

山谷が勇を鼓して毛布を少し剝《は》ぐってみた。腰紐は推測した通り、首の周囲にめり込むほど強く巻きつけられていた。

「大変だ」

岡部ら三人は同時に声を洩らした。

ナイトマネージャーに連絡された。

ホテルはなるべくならば、館内での不祥事は内分に付したい。だが、素人目にも明らかな異常死体とあっては、ホテルの手に負えることではない。

ナイトマネージャーは深夜にもかかわらず、社長と総支配人に連絡して、警察に通報した。

一一〇番を経由して通報を受けた所轄の新宿署から、捜査員が臨場した。

被害者はホテル備え付けの浴衣の紐を頸部《けいぶ》に水平に一周され、強く圧迫されて窒息していた。

紐は頸部正面中央部の喉頭《こうとう》軟骨、いわゆる喉仏《のどぼとけ》に深くめり込むようにして交差し、結び目も作られている。

犯人は犯行後、紐が解けて被害者が蘇生《そせい》するのを恐れ、紐が首筋にめり込むほど強く絞めた後、結び目を作ったのであろう。

結び方は本結び、または細《こま》結びと呼ばれる、紐や縄、帯、リボン、水引などに用いられる基本的な結び方である。

死者の顔面は紫暗色を呈し、苦悶《くもん》の表情に歪《ゆが》んでいたが、生前の面影は留《とど》めている。

殺人と断定されて、捜査一課に第一報が行った。

被害者自身が記入したレジスターカードによると、氏名は岡野真澄、二十五歳、職業・会社員、住所はS区大門《だいもん》町、ハイム・ワンドアとなっている。

当該室は一六二四号室、ダブルルーム、利用客数は一名となっている。

ホテル側の説明によると、昨日午後、本人によって電話で予約がなされ、午後八時三十分到着と記録されている。

チェックインを担当したフロント係はすでに帰宅していたが、自宅に電話して到着時の様子を聞くと、午後八時三十分、到着したとき、岡野真澄には同行者はいなかったという。

レジスターカードにも一名と記入している。

「一人でもダブルルームをリクエストしたのですか」

「私どもでは、いわゆるシングルはございません。お一人の方はダブル、あるいはツインルームのお一人使用《シングルユース》していただいております」

「一名としてレジスターしておきながら、後から同行者が来た場合はどうするのですか」

「お客様のお申し出によって、ご利用客数を二名様にいたします」

「客が申し出なかったら……？」

「そのときはホテル側にはわかりません。もっともご出発《チェックアウト》された後、備え付けの備品、タオルや浴衣、スリッパなどのご使用状況によってわかりますが」

岡野真澄の部屋は、備品は一人分しか使用されていない。

「都内S区に居住していて、ホテルに泊まるとすれば、大体利用目的はわかるのではありませんか」

都内、都下に居住している者が、比較的早い時間帯にホテルを利用する場合は、おおかた用途は限られてくる。

若い女が先着して、男を待っていたという図式は、ホテル側は当然予測できたはずである。

「ホテルといたしましては、お客様のご利用目的をいちいちお尋ねいたしませんので」

電話に応答したフロント係に代わって、ナイトマネージャーが苦しい言い訳をした。

被害者には生前の情交、および死後の凌辱《りょうじょく》の痕跡《こんせき》は認められない。室内には物色や抵抗の跡も見えない。

捜査一課も臨場して、本格的な死体の観察および現場の検索が行なわれた。

検視によって、犯行時間は午後十時から午前零時の間と推定された。

室内に残された被害者の所持品は、ウールのコート、黄味がかったアイボリーのシャネル調のスーツ、ベージュのパンプス、イアリング、ネックレス、時計等の装身具、ハンドバッグの中にはハンカチ、キャッシュカード、アドレス帳、ウェットティッシュ、口紅、脂取り紙、ファウンデーション、紅筆等の化粧用具、現金約五万円弱が入っていた。

アドレス帳には、主として行きつけの店やかかりつけの医者、ホテル、親戚《しんせき》、友人、知己らしい人々の電話番号が記入されている。

被害者が深夜、犯人を室内に迎え入れていることや、金品が奪われていないことから、顔見知りの者の犯行と考えられた。

検視の後、被害者の遺体はビニールシートに包まれ、司法解剖のために搬出された。

新宿署のお膝元《ひざもと》で発生した殺人事件の被害者の身許《みもと》に、代々木署の捜査本部は愕然《がくぜん》となった。

ようやく任意同行を求めて事情聴取を決定した参考人が、殺害されてしまったのである。

棟居は唇を嚙《か》んだ。入江牧子殺しの犯人に一歩先んじられたとおもった。

犯人は、捜査本部が岡野真澄をマークした気配を逸速《いちはや》く察知して、警察の触手が及ぶ前に、岡野の口を封じてしまった。

入江殺しと岡野殺しは同一犯人の犯行であると、代々木署の捜査本部は予感した。前後して、岡野真澄の居宅に対して火薬反応テストが行なわれた。

一同の気負いに反して検査の反応は陰性を呈した。棟居の推測は崩れた形になった。だが岡野真澄が殺された事実は捜査の鉾先《ほこさき》が正しい方角へ向かっていることを示している。彼女をマークした矢先に殺害された捜査本部の衝撃は救い難い。

二月二十一日、新宿署に、新宿ホテルＯＬ殺害事件の捜査本部が開設された。

被害者の居宅が丹念に捜索された。

だが、室内には男の痕跡は認められなかった。室内に残されていた郵便物、写真、メモ、衣類が綿密に調べられたが、特定の男のにおいのするものは発見されなかった。

被害者がハイム・ワンドアに入居したのは五年前である。その間、管理人が男の姿を認めたのは二、三度であった。

隣人たちに聞き込みをかけたが、入居者相互の交際がなく、男の訪問者に気がついた隣人はいない。

犯行が計画的なものであれば、犯人は長期にわたって岡野の家からその痕跡を消去していたかもしれない。

解剖の結果、死因は索条《ひも》を首に巻きつけての気道閉鎖による窒息。死亡推定時間は二月二十日午後十時から翌午前零時ごろにかけて。

生前、死後の情交および姦淫《かんいん》の痕跡、認められず。

薬毒物の服用、認められず。

さらに被害者は妊娠六ヵ月の身体であることが判明した。妊娠のパートナーが容疑者の最前列に立たされる。

というものであった。

二月二十二日、初期捜査および解剖の結果を踏まえて、新宿署において、第一回の新宿署、代々木署の捜査員よりなる連絡会議が開かれた。

会議の主たる議題は、岡野殺しと入江殺しの関連性の有無である。

もし両事件に関連性ありと認められれば、山上かおり殺害未遂事件にまで波及してくる。その連絡会議も事態を重視した警視庁が合同捜査の前提として開いたものである。

会議を主催した捜査一課長の挨拶《あいさつ》の後、討議に入った。

「岡野真澄の殺害事件は、行きずりの犯行とは見られず、入念な計画性が感じられる。もし入江牧子殺害事件と同一犯人による犯行であるとするなら、犯人はその目撃者たる山上かおり狙撃《そげき》の時点で、すでに岡野殺害を決意していたと考えられる。目撃者の消去前に、知りすぎた女の殺害を計画していたというのは、無理があるとおもう」

早速、山路が発言して、両事件の関連性に否定的な意見を述べた。

「山上かおりの狙撃に二度失敗して、警察から岡野真澄がマークされたために、警察の先手を打って岡野を消したということは考えられませんか」

新宿署の牛尾《うしお》が言った。

「もし犯人が、警察が岡野をマークした気配を察知してから岡野殺害を決意したとすれば、岡野の居宅から犯人の痕跡を完全に消去するのは難しいのではないのか」

山路は主張した。

「犯人と岡野の間につながりがあったとしても、犯人が必ずしも彼女の居宅に痕跡やにおいを残したとは限りません。犯人が岡野殺害の犯行現場をホテルに選んだことから判断しても、犯人は痕跡を残すほど岡野の居宅に出入りしていなかったのではないでしょうか。管理人も、訪問者が彼女の家に泊まったかどうか確認はしていません」

「犯人が山上かおりを狙撃しようとして、岡野の居宅に銃器を持ち込んだとすれば、犯人と岡野の間には相当濃厚なつながりがあったと考えられる。にもかかわらず、岡野真澄の身辺には特定の男が浮かび上がっていない。これは不自然ではないか」

「必ずしも不自然ではありません。男に家庭や社会的な地位があって、岡野との関係が露見すると不都合な事情があれば、岡野との関係を秘匿するのは決して不自然ではないとおもいます。妊娠のパートナーが名乗り出て来ないということも、被害者との関係を表沙汰《おもてざた》にされては都合の悪い事情があったからではないでしょうか」

「すると、犯人には入江牧子と岡野真澄という二人の不倫の恋人がいたことになるが、ずいぶん忙しい男だね」

山路の口調が皮肉っぽくなった。

「入江牧子も岡野真澄も、犯人と不倫の関係にあったとは確かめられていません」

「不倫以外の関係で秘匿しなければならない事情とは、なにかね」

「それはまだわかりませんが、たがいに表沙汰にしたくはない関係というものがあったとしても、おかしくはありません」

捜査会議は紛糾した。どちらにも一理ある。

そのとき、棟居が両者の間に割って入るような形で、興味ある発言をした。

「少々気になることがあります。被害者岡野真澄の生前の職場ですが、赤坂二丁目の山上本社ビルに入居しています。つまり、岡野が生前勤めていたナチュラルボーンは山上グループの一環です。このことは事件になにか関係がないでしょうか」

出席者の間にざわめきが生じた。

ナチュラルボーンの所在地が赤坂二丁目であることは承知していたが、山上グループの関連会社であることは、棟居に指摘されるまで気がつかなかった。

正体不明の狙撃者に狙われた山上かおりの父親傘下の会社に、被害者が勤めていた。

棟居の着眼によって、岡野真澄ににわかに新たな照明が当てられた。

彼女の生前の人脈の中で、職場関係の人間は、山上かおり、および喜一郎とのつながりにおいて、特に注目しなければならない。

結局、その日の捜査会議では、
①岡野真澄と入江牧子の関係発見調査。
②岡野の生前の人間関係、職場関係の捜査。特に妊娠のパートナーの発見。
③新宿プラザーズホテルでの聞き込み捜査。
④渋谷区西原一丁目の大学跡地の検索続行、および地域の聞き込み捜査。
⑤岡野真澄の経歴調査。
以上を今後の捜査方針として決定し、代々木署、新宿署は、緊密な連携を取りながら捜査を進めることになった。

岡野真澄がナチュラルボーンに入社したのは五年前である。最初、同社のイメージガールに採用され、テレビのＣＦに出たのをきっかけに人気が出かけたが、健康上の理由で引退し、同社の社員となった。

せっかく芸能界に華々しくデビューしかけた矢先の引退だけに、芸能マスコミからさまざまな憶測を立てられたが、真相は不明であった。

棟居はこの辺の事情に殺害動機が由来しているかもしれないとおもった。

反射した殺意

1

新宿署の牛尾は、岡野真澄がせっかく芸能界にデビューしかけた矢先に引退せざるを得ない原因となった健康上の理由に着目した。

ナチュラルボーンから聞いたところでは、軽い交通事故というだけで、詳しい事情はわからない。事故の発生日時、場所、担当署、加害者、事故の程度等、一切不明である。

牛尾は警察庁の運転者管理センターに照会した。そのセンターのコンピューターに、全国のドライバーは記憶《ファイル》され、集中管理されている。

コンピューターには登録された運転免許取得者の交通違反や事故が、発生日時、担当署、事件番号、路線名、違反車両、違反コード、事故内容、処分の各項目ごとに記憶されている。

照会の結果、次の事実が判明した。

岡野真澄は五年前の三月十六日、世田谷区内の路上を普通車で通行中、責任の軽い重傷事故を起こし六点、運転者の禁止事項違反を犯して二点を加算され、累積八点をつけられて、四十日の免許停止の行政処分を受けていた。

管理センターのコンピューターでは、刑事処分については不明である。

牛尾は早速、当該事故を担当した玉川署の交通課から、当該交通事故事件の調書を借り出した。

事故の概要は次のようなものである。

平成×年三月十六日午後五時三十分ごろ、世田谷区弦巻《つるまき》三丁目の道路を、自家用普通乗用自動車を運転し、時速約三十キロで道路の左側を四丁目方面に向かって進行中、信号機のない某交差点にさしかかったところ、交差点左側の道路から突然、Mの運転する自動二輪車が飛び出して来たので、慌ててこれを避けようとしてハンドルを右に切り、非常急停止の措置を取ったが間に合わず、自己の運転する自動車の左側をMの自動二輪車に衝突させ、自動二輪車ごとMを路上に転倒させ、同人に右肩部挫傷《ざしよう》、右膝部《しつぶ》、下腿《かたい》部の裂傷、右上腕骨骨折等、加療約三ヵ月を要する傷害をあたえた。ほぼ前後して岡野車は中央線を飛び出し、反対車線を進行して来たIの運転する普通四輪乗用自動車と接触した。

このため岡野の自動車は左側前フェンダー、左前照灯、前部バンパー、ボンネット先頭部等を損壊し、本人もハンドルに強く顔面を打ちつけ、左前額に約二センチ、左上口唇約三センチの裂創、および左上犬歯切損の傷害を受けた。

対向車も前照灯、前部バンパー、ボンネット、ラジエーターグリル等に損傷を受けたが、運転をしていたIは右手首に加療十二日の挫傷を負ったに止《とど》まった。同乗者は無傷であった。

この事故はMの運転する自動二輪車が狭い道路から広い道路に進入するにあたり、道路交通法の規定する優先順位を守らず、岡野車の前方を横切ろうとしたために生じたものであるが、岡野車も交差点に進入する際に守るべき前方注視、一時停車、徐行等の注意義務を守らなかったために傷害の結果を発生せしめたと言える。

牛尾は岡野真澄に関わった事故当事者の名前を見て目を見張った。自動二輪車の運転者は増富孝二《ますとみこうじ》、対向車の運転者は磯中昭夫である。

一瞬、同姓同名かとおもったが、年齢、住所が一致している。山上かおりとの関わりにおいていったん消去された磯中が、ふたたび登場して来た。

事故の原因を起こした増富孝二は、見通しの悪い交差点での一時停止、または徐行履行などを怠ったために発生した人身事故であり、安全運転の基本的な態度が守れれば避けられたはずであって、過失ではない度合いが大きかったが、当時大学二年生で、わずかなところであったが未成年者であり、初犯であることを考慮されて実刑を免れ、免許停止百日の行政処分を受けたに止まった。

2

新宿署の牛尾から五年前、岡野真澄が芸能界デビューのチャンスを失った交通事故当事者の中に磯中昭夫が含まれていると連絡を受けた棟居は、山上かおりとの関係ではいったん消去された磯中が、岡野真澄とのつながりにおいて、ふたたび無視できない存在となって浮上して来た気配を悟った。磯中は入江牧子の事件ではアリバイ不明のままとなっている。

「磯中が岡野真澄と関わりを持っていたとしても、それが入江牧子につながってくるということはありません。岡野は山上かおり狙撃《そげき》事件の関係者として浮上した矢先に殺されてしまったので、入江殺しとつながりがあるのではないかと疑いましたが、岡野の居宅から火薬成分は検出されませんでした。磯中が岡野とつながりがあったとしても、入江牧子との三角関係までを考えるのは、無理でしょう。

磯中は重役の娘を娶《めと》ったばかりで、関係を持っていた女を次々に消していったとは考えられません。磯中は入江殺しとは無関係ではないでしょうか」

棟居は菅原に言った。

「入江殺しでは磯中にアリバイはありません。入江の事件でマークされた後、岡野に手を出すでしょうかね」

菅原の表情は懐疑的である。

「磯中の意識では、入江とは無関係であるとすれば、焦眉《しょうび》の急に迫られた岡野真澄に手を出すかもしれませんよ」

「焦眉の急?」

「岡野は妊娠六ヵ月の身体でした。すでに中絶の時期を逸しています。岡野は産むつもりでいたようです。しかし、妊娠のパートナーにとって生まれては都合の悪い事情があれば、日増しにせり上がってくる岡野の下腹部は、まさに脅威だったでしょう」

「なるほど。重役の娘と新婚ほやほやの磯中が、岡野の胎児の父親であれば、生きた心地がしなかったでしょうな。しかし、磯中が岡野に手を下すのは危険ではありませんか」

「磯中にしてみれば、岡野とのつながりはわからないと考えたのではありませんか」

「わからない? 磯中は岡野の交通事故の当事者ですよ」

「いえ、磯中には当事者という意識はないでしょう。岡野が磯中の車と接触したのは、突然飛び出して来た二輪車を避けようとした弾みの偶然です。当事者は岡野と二輪車を運転していた増富孝二で、磯中は事情を聴かれただけです。このときすでに岡野はナチュラルボーンのイメージガールとなっており、磯中は岡野の顔を知っていたはずです。つまり、この事件をきっかけに岡野と知り会ったという意識はないはずです」

「増富孝二はどうでしょうか。彼こそ岡野のチャンスをむしり取った元凶ですが」

「それを私も言おうとおもっていました。新宿も当然、マークしているとおもいますが、決して無視できない存在ですね」

「磯中や増富が関わっているとすると、入江とのつながりはどういうことになりますか」

これまでの捜査の過程では、入江殺しを目撃された犯人が山上かおりを執拗《しつよう》に狙ったと推測されている。

入江が殺害される前に岡野、磯中、増富の三者を当事者とする交通事故は発生していた。なんらかの動機で入江を殺害し、その目撃者（山上かおり）を追跡し、目撃者の口を塞《ふさ》ぐ前に岡野を殺したという想定には無理が生じる。

「入江と岡野の事件は無関係と考えてはいかがですか」

「無関係？」

「岡野をマークした矢先に消されてしまったものだから、入江と結びつけましたが、岡野の居宅からは火薬成分は検出されず、これまでの捜査によっても両人の関係は発見されていません。二人を別件として切り離してしまえば、磯中、増富も〝有効な容疑者〟として成り立ちますよ」

「すると、狙撃時、山上かおりが岡野の部屋の窓に認めたという閃光《せんこう》はどういうことになりますか」

「そのことで私も困っています。山上の見誤りか、記憶ちがいか、あるいは閃光以外のなにかの反射であったかもしれません」

「反射……反射ということはあり得るかもしれませんね」

「私もいま菅原さんと話し合っていて、ふとおもいついたことです。もし反射であれば、まったくべつの場所から狙撃したことになります」

棟居は目の前に新しい視野が開けたように感じた。

3

磯中昭夫の再登場は、新宿署の捜査本部に活気をあたえた。もっとも新宿署にとっては、磯中は初登場である。

銀座ホステス殺害事件の捜査本部が一度マークして事情聴取をした人物が、自分たちの担当する事件《ヤマ》にふたたび関わってきたことは、興奮を促す要素であった。

「それがどうしたというのか。古ぼけた交通事故の当事者の一人であったところで、本件に関わりがあることにならないのではないか」

という反対意見もあった。

「岡野真澄の身辺に、これまで磯中は現われていなかった。したがって、被害者の隠されていた人間関係と解釈してもよいとおもう。

岡野のアパートの管理人に磯中の写真を見せたところ、彼女を二、三度訪問して来た男に背恰好が似ているという証言も得ている。

しかも、それが同じ系列の会社の人間であり、代々木署のホステス殺しの関わりで事情を聴かれている人物となれば、注目してみる価値はあるのではないか」

と反論された。

捜査本部は磯中昭夫、および増富孝二に対する事情聴取を決定した。

捜査本部から磯中を訪問したのは中島《なかじま》班の四本《よつもと》と、新宿署の牛尾である。

突然の二人の捜査員の訪問を、磯中は怪訝《けげん》な表情で迎えた。

「もうすべて申し上げたはずですが」

彼はこれまで事情を聴かれた入江牧子の事件について、再三刑事が来たとおもったようである。

「いいえ、我々は入江さんの事件の担当ではありません。岡野真澄さんという女性をご存じですか」

四本が質問の口火を切った。

「岡野真澄……さあ」

磯中は記憶を探る表情をした。特に演技をしているようにも見えない。

「二月二十日、新宿プラザーズホテルで殺害されたナチュラルボーンの女子社員です」

と言われても、磯中はおもいださないようである。

「五年前、ナチュラルボーンのイメージガールとして起用されましたが、交通事故を起こして顔を傷つけ、同社の受付係となりました。そのときの事故当事者の一人があなたでしたね」

そこまで言われて、磯中はようやくおもいだしたらしい。

「ああ、あのときの……。しかし、私にはまったく非はありませんでしたよ。横町から飛び出して来たオートバイを避けようとして中央線を越え、私の車の前に出て来たのです。精一杯躱《かわ》そうとしましたが躱し切れず、接触してしまいました。あのときの女性ドライバーが殺されたのですか」

磯中は素直に驚きの表情を見せた。

「交通事故以後、岡野さんとお会いになったことはありませんか」

「会う？　なぜ会う必要があるのですか。私は通りすがりに巻き込まれただけです。事故の当事者ですらありません。幸いに手首を少し捻挫《ねんざ》しただけの軽い怪我ですみましたが、いい迷惑でしたよ。実際に私の過失割合はゼロでした」

磯中は少し色をなして訴えた。

「二月二十日の夜から二十一日未明にかけて、どちらにいらっしゃいましたか」

牛尾が質問役を替わった。

「それはどういう意味ですか」

磯中の表情がきっとなった。

「正直に申し上げます。岡野さんと多少とも関わりのあった方にはすべてお尋ねしています。ご協力いただけませんか」

「つまりアリバイですね。私が岡野さんを殺したなんて、見当ちがいもはなはだしい」

「もし見当ちがいであれば、それを是正するためにもご協力いただけませんか。二月二十日と言えば最近のことです。まだご記憶に残っているでしょう」

　牛尾はじんわりと迫った。

「二月二十日は社長に随行して佐賀へ行っておりました。この夏、佐賀で開催される予定のジャパンエキスポに我が社も協力することになりまして、その打ち合わせに行ったのです。佐賀のホテルに問い合わせてもらえば、わかるはずです。二十一日は有田《ありた》へまわり、二十二日に帰京しました」

　磯中は怒っていたが、その口調には自信がある。

　本人が佐賀に行っていたと言い張る以上、嘘ではあるまい。裏付けを取られればすぐにわかるような嘘をつくはずがない。磯中の再登場に勇み足があったかもしれない。

「岡野真澄さんは気の毒だとおもいますが、私はまったく関係ありませんよ。何度も殺人の容疑者にされては迷惑です」

　落胆した二人に、磯中は勝ち誇ったように言った。

　早速、磯中の供述の裏付けが取られた。そして、彼の言葉通り、二月二十日夜は山上喜一郎に扈従《こじゅう》して、佐賀のホテルニューオータニに宿泊していた事実が確かめられた。二十日午後九時三十分ごろ、山上以下数名の扈従と共にホテルに到着し、翌朝午前八時に出発した。

その間、山上からいつ呼ばれるかもわからず、山上やほかの扈従に知られず、東京を往復することは不可能である。磯中のアリバイは成立した。

「磯中の言う通り、どうやら見当ちがいでしたね」

四本は苦笑した。

「当事者はもう一人残っています」

牛尾が気を引き立てるように言った。

「増富孝二ですか。たしかに当事者としては増富の方が被害者に近い位置にいますね」

四本がうなずいた。四本の言う被害者には二重の意味が込められている。

増富が突然、横町から飛び出して来なければ、岡野は順調に芸能界に乗り出して行ったであろう。増富こそ岡野のチャンスをむしり取った憎むべき元凶である。

事故を契機にして、二人の間に人間関係が生じたかもしれない。

増富の事故当時の住所から現住所が手繰られた。

増富孝二は華麗な変身を遂げていた。昨年、歌手としてデビューを果たして以来、めきめきヒットチャートで上昇して、昨年度全日本レコード大賞新人賞の栄冠を手にした。

やや軽薄でノーブルなマスクと、ナイーブな雰囲気を見込まれて、目下人気絶頂の小板《こいた》橋《ばし》朝子《あさこ》の相手役として起用されたテレビドラマ「恋の密売人」で、小板橋を食うような演技を見せ、記録破りの視聴率を獲得した。

桐原良彦《きりはらよしひこ》が増富孝二の現在の姿であった。

事情を聴きたくとも、なかなか本人を捕まえられない。所属プロダクションに面会を申し込み、テレビ局から撮影所、劇場、ラジオ局まで分刻みのスケジュールで動きまわっている増富に、ようやく三十分の面会を取りつけた。

警察の面会とあって、増富はいささか緊張した面持ちで牛尾と四本を迎えた。

平均睡眠時間三、四時間というハードで非人間的な生活も、若さと、いまや人気絶頂のアイドルとしてスポットライトを浴びている華やかさにまぎれてしまう。

だが、彼が演じているものはマスコミがつくりあげた虚像であり、本人自身はその辺の若者となんら変わるところはない。

虚像であろうと演技であろうと、スポットライトを浴びている間は、彼はスタータレントである。刑事を迎えた増富は、束《つか》の間見せた不安の色を、得意の演技とアイドルの驕《おご》りの中に塗り込めた。

「お忙しいようですから手短にすませます。岡野真澄さんをご存じですか」

四本が磯中に向けた同じ質問を発した。

きない。

「おかのますみ……」

増富の表情にはまったく反応は表われない。だが、演技はお手のものであるから信用できない。

「二月二十日の深夜、新宿のホテルで殺されました」

「その岡野とかいう人とぼくがどんな関係があるのですか」

増富は問い返した。

「五年前、あなたが世田谷区内のある交差点にオートバイに乗って突然飛び出したために、怪我をした女性ですよ。あなた自身もオートバイごと転倒して怪我をしたはずです」

「ああ、あのときの……」

増富がようやくおもいだした表情をした。

「岡野さんは当時、ナチュラルボーンのイメージガールとして人気が出て来て、芸能界にデビューしかけていました。あの事故で顔に怪我をして、芸能界進出を諦《あきら》めたのをご存じですか」

四本は増富の顔色を探りながら言った。

「ぼくのせいだと言うのですか」

増富の顔がやや色をなした。

「少なくともあの事故がなければ、彼女は順調に芸能界にデビューしたはずです」

「ぼくは一時停止をしたつもりです。彼女がスピードを出しすぎて前方注意を怠ったからじゃありませんか」

「調書にはそのようには録取されていませんが、彼女が殺されたことはご存じではありませんでしたか」

「全然知りませんでした。毎日お祭りのような生活で、ニュースを見る暇なんかありませんよ」

その祭りの中心にいるのは自分だと暗に言っている。

「二月二十日の夜はどちらにいらっしゃいましたか」

四本は単刀直入に聞いた。

「二月二十日、マネージャーを呼びましょう」

増富は質問の意味を吟味せずに、マネージャーを呼んだ。

「二月二十日でしたら、名古屋御園座《みそのざ》で二日間の公演に出演していました。二十日はキャッスルホテルに泊まっています」

マネージャーはスケジュール表を見て、直ちに答えた。名古屋ならば四時間で往復できる。

「二十日の深夜から二十一日の未明にかけては、ホテルにおられたのですか」

「二十日の夜は、舞台の後、主催者との懇親パーティに出席して、ホテルに帰って来たのは午前零時近くでした」

マネージャーが増富のかわりに言った。

午前零時に名古屋のホテルにいた者が、同じ日の犯行推定時間午後十時から午前零時の間に東京のホテルに立つことはできない。

しかも、犯行推定時間の上限の午後十時以前は舞台に立っていたのである。

仮に犯行推定時間の判定に誤差があったとしても、公演に出演中の本人が、移動だけでも往復四時間は費やす犯行現場まで往復することは不可能である。増富のアリバイは成立した。

「そろそろ時間ですが」

マネージャーがそれとなく催促した。

増富孝二に面会した帰途、牛尾と四本は虚脱感をおぼえた。

ようやく容疑線上に捉《とら》えた二人にも、確固たるアリバイが成立した。おもい込みが強かっただけに、徒労感が大きい。

「どうも気になる」

帰途、牛尾が首をかしげた。

「なにが気になるんです」

四本が牛尾の顔を覗《のぞ》き込んだ。

「増富孝二は我々にほんの束の間でしたが、不安げな色を見せたでしょう。脛《すね》に傷を持つ人間の顔色をちらと覗かせたような気がするのですよ」

「私も増富の表情に、なにかひっかかるものをおぼえたのですが、そう言われておもい当たります。増富はなにかに怯《おび》えていたような気配がありましたね。弱味がなければ怯える必要はないはずです」

「やっこさん、叩《たた》けばなにか埃《ほこり》が出るかもしれませんね。岡野殺しとは関わりなくとも、なにかべつの悪いことをしているかもしれない」

「増富は我々がべつの埃を嗅《か》ぎつけて来たと勘ちがいしたのかもしれません。だから、初めに怯えて、岡野の件で来たと知ってから、急に姿勢が強くなったようです」

「増富がなにかしていたとしても、本件に関わりなければ、これ以上は追及できません」

二人は捜査本部に手を空しくして引き揚げた。

4

棟居と菅原は自分たちの着眼を牛尾に伝えることにした。

「なるほど。山上かおりが見たのは、岡野の居宅から発砲した閃光《せんこう》ではなく、反射かもしれないと言うのですね。反射とは気がつきませんでしたよ。あり得ますね。岡野のベランダに面する部屋にはガラスのサッシ戸が取り付けられています。あのサッシ戸に反射するかもしれません」

「反射したとすれば、狙撃《そげき》犯人の据銃点は岡野の家の近くということになります。いずれにしても、犯人は岡野の（家の）近くにいたことになります」

牛尾は棟居の示唆を感謝した。

だが、彼の示唆が的を射ていれば、山上かおりを狙撃した犯人は、岡野真澄とは無関係ということになる。

棟居が自分の着眼を牛尾に伝えてきたのは、それとなく岡野殺しと狙撃事件が別件であることをほのめかすためかもしれない。

三人は協力して岡野の居宅の周辺を探すことにした。この事件は両捜査本部の連携捜査である。

せっかくの棟居の着眼ではあったが、反射光の源を突き止めるのは意外に難しかった。反射の光源を確かめるためには、発光した光源および光源から発した光の波が折り返すべき他の材質の境界面（この場合は岡野のアパートの窓ガラス）に、前回の発光時と同じ状態を再現しなければならない。

だが、当然のことながら、狙撃者は同じ据銃地点からふたたび発砲してくれない。

棟居と牛尾と菅原は手分けして、岡野真澄のアパートの周辺を探しまわったが、なかなか確かめられない。

必ずしも彼女のアパートに近いほど確率が高いわけではない。光波はその間を妨げる物質がなければ遠方からでも届く。

高層マンションや小住宅が混在して犇《ひし》めき建つ都会では、地上に近い空間では光波はすぐに妨げられてしまうはずである。

棟居は岡野真澄の部屋の窓辺に立って観察をした。視野に入るすべての住宅の窓、あるいは建造物、さらに据銃できるような樹木、工作物、施設となると、雲をつかむようになってしまう。

窓辺に立って、棟居は絶望的になった。

「棟居さん、試みに同じ時間にこの窓辺から光を発してどこに反射するか、確かめてみてはどうでしょうかな」

牛尾が一案を出した。入射波の経路を、逆に折り返すべき境界面から発光してみようというわけである。

三人は早速、管理人の了解を得て、狙撃日と同じ時間帯に窓辺に立って、光を発する発煙筒を焚《た》いてみた。

「これは猿の浅知恵でしたね」

菅原は苦笑した。周辺の窓のほとんどすべてが色煙に染まった。

「やはり銃を発砲してみないと、同じ光を出せませんね」

しかし、市街地のど真ん中から実験のために発砲するわけにはいかない。

仮に口実を構えて発砲許可を取り付けたとしても、照準がちがえば、光が入射波と同じ経路をさかのぼれない。

磯中、増富にはアリバイが成立した。またこの両人が岡野を殺害しなければならない動機は見いだせない。

棟居は獲物の逃路を忠実に追って来た猟犬が、ついにその臭跡を見失ったような気がした。

5

牛尾は、増富孝二に面接したとき、彼の表情を一瞬よぎった不安の影にこだわっていた。

増富はなにか弱味を抱えている。その弱味が果たして本件に関わりがあるのかどうか不明であるが、警察を避けようとしている気配が感じ取れた。

栄光のスポットライトを浴びるために、増富は陽の当たる場所に出る前の影の部位において、なにかをしているかもしれない。

牛尾は増富のわかる限りの過去の軌跡を追った。

増富は山梨県韮崎《にらさき》市出身。地元の高校在学中に仲間たちとバンドグループを結成、高校の学園祭で全校の人気を集めた。

高校卒業後、東京のある私立大学に入学、学内の同好者を呼び集めてバンドグループ「ステージボーイ」を結成。大学二年のとき、友人のオートバイを借りて都内を走りまわっているとき、例の事故を起こした。

在学中から歩行者天国や、都内の喫茶店のライブに出演した。

卒業後、芸能界の底辺で使い走りのようなことをしていたらしいが芽が出ず、しばらくの間くすぶっていた。

開運のきっかけとなったのは、昨年四月、あるテレビ局が主催したホコ天バンドコンクールで、増富が新たに結成した「スタッグ」（雄鹿）が優勝したことである。

このとき作曲界の大御所、志村隆一《しむらりゆういち》に目をつけられ、彼が増富のために作曲した「インチメイト」が爆発的なヒットとなり、一躍増富は歌謡界の寵児《ちようじ》となった。

これ以後、志村と増富のコンビが結成され、志村は増富のために矢継ぎ早にヒット曲を作った。

志村・増富コンビのヒットの連打に気をよくしたプロダクションは、放送局と緊密な連係プレイを取って売りまくった。

その後の増富の八面六臂《はちめんろっぴ》の活躍は、芸能面に疎い牛尾ですら知っているくらいである。

増富がホコ天バンドで優勝したのが昨年の四月上旬、「インチメイト」でデビューしたのが五月中旬である。

牛尾はこの時期が、代々木署捜査本部が担当している銀座ホステス殺害事件の犯行日の前後を挟んでいることに気がついた。

これはホステス殺しになにか関わりがあるのではないのか。牛尾の直接担当ではないが、ホステス殺しとの関連性は疑われていたところである。

大学卒業後、コンクールで優勝するまでの増富の経歴は曖昧模糊《あいまいもこ》としている。この間、もしかすると増富と入江牧子の間に接点があったかもしれない。

芸能界の底辺で使い走りのようなことをしていたという増富が、アルバイトに入江の銀座の店にいたことはなかったか。

だが、これまでの捜査では、「ボン・ソワール」に増富がいた形跡は見つけられていない。もしかすると、ボン・ソワール以前に入江と増富との接点があったかもしれない。この辺の調査は棟居らに委《ゆだ》ねるとして、増富の住所の変遷を追っていた牛尾は、愕然《がくぜん》として目を剝《む》いた。

現住所はプロダクションが用意してくれた南青山のマンションとなっているが、それ以前、すなわちデビュー前の住居が牛尾を驚かせたのである。

都内S区の所書きは、牛尾に薄い記憶が残っていた。

彼は早速、地図を開いて、その住所地を確認した。なんと少し前に発生した東都信用金庫S支店の集金車強奪事件の犯行現場の近くである。ということは、岡野真澄および梁山《りょうざん》荘の近所ということになる。

この符合は一体、なにを意味するものか。牛尾の目が地図の一点を見据えて光ってきた。牛尾からその事実を聞かされた棟居と菅原も、地図の上で確認して、驚いた。

「増富はこの居所から、集金車強奪事件が発生して十日ほど後に転居しています。牛尾さん、この増富の前居所を狙撃者の据銃地点と考えたらどうでしょう」

菅原が重大な示唆をした。

「地図で見る限り、彼の前の居所から梁山荘までは約二百メートル、ライフルの殺傷効果が最も高まる距離ですね」

「早速、増富に射撃の経歴があるかどうか、調べてみましょう。もし増富の前の居所から狙撃《そげき》したとすれば、発砲の閃光が岡野の家の窓に反射したかもしれません」

連想の火は導火線を伝うように速やかに走った。

6

牛尾から新しい発見を伝えられた棟居は、早速、増富の射撃経歴と、彼の古い居所を当たった。

普通、警察はこのように非公式の捜査資料の交換はしない。自分が握った資料は個人の功名にするために、捜査会議でも最後まで秘匿することが多い。

増富の射撃経歴や、その前居所など、棟居に洩《も》らす前に自分で調べればすむことである。棟居はそこに牛尾の配慮を感じた。

棟居が発砲地点の反射説を牛尾に伝えた謝意であるかもしれない。

だが、反射説は牛尾らが担当する岡野殺しに少しも貢献しないのに対して、牛尾の着眼は一挙に入江殺しの核心に迫るものである。

(牛《モー》さん、有り難う)

棟居は心中で牛尾に礼を述べた。

増富の射撃経歴を探ったところ、増富は大学在学中、一時期、射撃部に籍を置き、公安委員会から猟銃の所有許可を取っていた。

大学卒業後、二十四歳のとき、狩猟免許を受け、口径三〇のライフル銃を買った事実が判明した。射撃の腕は不明であるが、増富は銃に縁があった。

この事実を確かめた棟居と菅原は、直ちに捜査会議に報告して、増富の前居所であるS区のアパートを検索した。

そのアパートは「アビタまほろば」で、いまどき珍しい単室構成の木造老朽アパートであったが、家賃が安いせいか、ほとんどの部屋が入居していた。

その中で二〇五号室の増富の前居所だけが空室のまま残されていた。

「増富さんがあんな大物になるとは、まったくおもってもいませんでしたよ。ここにいるころは、わずかな家賃も溜《た》めに溜めていたのにね。まったく人は見かけによらないもんです。私にとっても名誉なことなので、増富さんが入居していた部屋は、今後だれも入れずに大切に保存するつもりです」

と大家は誇らしげに言った。

大家の許可を取って、棟居と菅原は増富の前居室に入った。

出入口半畳ほどの三和土《たたき》につづく約二畳の板の間に流しが付き、その奥に六畳の和室があるだけである。窓は西に面して一つだけ、左右は隣室との隔壁である。ただ寝るだけの殺風景な部屋である。

畳は焼けて、ところどころに煙草の焼け焦げらしい痕《あと》が見える。

刑事らは窓辺に立って、外を見た。

「梁山荘も岡野真澄のアパートも視野に入りますね」

菅原が耳許《みみもと》でささやいた。

「この位置から梁山荘を狙撃すれば、発砲の閃光《せんこう》が岡野真澄の窓に反射するかもしれません」

棟居は視野に入った両所を見比べた。

捜査会議で報告すると、

「要するに、増富が山上かおり狙撃地点の近くに住んでいて、ライフルと狩猟免許を持っていたというだけのことではないか。増富と山上、および入江との接点は発見されていない。接点がない限り、増富と山上、入江の二人を結びつけることはできない」

山路が反駁《はんばく》した。

山路の意見は正論である。だが、接点が見つからないということで、ないと決定したわけではない。

念のために増富の前居室に対して、火薬成分反応テストが施行された。

その結果、反応は陽性と表われたのである。山路の反駁にもかかわらず、棟居の着眼は一つの裏づけを得た。

増富孝二は岡野真澄が殺害される直前の本年二月中旬に、山上かおり狙撃事件から十日ほど後に、現在の南青山に転居している。

もっとも実際に転居したのはデビュー後間もなくであり、その後アビタまほろばは借りたまま放っておいたのを、本年二月下旬、ようやく引き払ったというわけである。

引き払うときもプロダクションの人間が来て家賃を清算し、室内に残されていたがらくたを処分したということである。

捜査本部では、増富が狙撃犯人であれば、必ず狙撃当日、アビタまほろばに戻って来ているはずだと睨《にら》んで、入居者および近所に聞き込みをかけた。

聞き込みの焦点は、狙撃の前後に増富を見かけなかったか、また彼の居室から銃声を聞かなかったかという二点である。

だが、増富を見かけた者はいなかった。銃声についても、警官隊が発砲したとおもっていた者が多かった。

狙撃時間は二月の寒い早朝であったので、前日からの立てこもり騒動にへとへとになっていた住人たちのほとんどは、まだ寝床の中にいた。

住人たちが寝ぼけ眼で起き出して来たときは、犯人はすでに取り押さえられ、事件は解決していた。

捜査本部は増富孝二の任意同行を決定した。接点が見つからなくとも、善良で平和であるべきはずの市民の居室から、火薬成分が証明されたとあっては無視できない。

目下、人気ナンバーワンの芸能界の寵児《ちょうじ》の任意同行であるから、マスコミが過熱するのは目に見えている。捜査本部は慎重を期し、極秘のうちに任意同行を要請することにした。

因縁の隣人

1

殺人事件の捜査本部からの任意同行要請に、増富はショックを受けた様子である。だが、その底にふてぶてしさが覗《のぞ》いている。それはすでに牛尾と四本の訪問を受けた下地を踏まえているせいかもしれない。

下地に加えて、いまや芸能界を席巻《せっけん》している時代の寵児だという驕《おご》りもあるのであろう。

任意性と秘密性を考慮した捜査本部は、彼を密《ひそ》かに用意した渋谷のホテルの一室に同行した。

このホテルはNHKに近く、俳優やタレントもよく利用する。マスコミに見かけられたとしても、勘づかれないであろうという配慮である。

増富を迎えたのは那須警部である。補佐として棟居と菅原が付いた。

「お忙しいでしょうな。なるべくお手間を取らせないようにいたします」

那須は低姿勢に切り出した。その言葉裏には、正直に答えないと時間がかかるかもしれないぞという暗黙の恫喝《どうかつ》がある。

「なるべく早く帰してもらいたいな。数千万のファンが待っているのでね」

増富は絶頂の人気を背負ってうそぶいた。

「入江牧子さんをご存じですか」

那須はいきなり核心に切り込んだ。

「いりえまきこ……？　さあ、知らないねえ。だれだい、そのいりえとかいう女は？」

増富の表情はなんの反応も表わさない。

「昨年五月十一日の夜、渋谷区内で致命傷を負わされ、折から通りかかった車の運転者に拾われて病院に運ばれて死亡しました」

「その女が、おれにどんな関係があるんだね」

「あなたは入江牧子をご存じではないかとおもいましてね」

「さあ、まったく記憶にないな。なにしろ数千万人のファンがいるからね」

増富はまた、数千万のファンを繰り返した。

「そのときは、あなたはまだデビューしていませんでしたよ」

那須が冷水をかけるように言った。

「おれのデビュー前か後かはべつにして、おれがその女にどんな関係があると言うのだ」

「ご存じなければけっこうです。

ところで、あなたはデビュー前までS区のアパートにお住まいでしたね」

増富は突然、質問の鉾先《ほこさき》を変えられて、虚を衝《つ》かれたような顔をした。

「いかがですか、お住まいになっていましたね」

「たぶん住んでいたような気がする」

増富はしかたなさそうにうなずいた。

「たぶんでなく、たしかにお住まいになっていました。大家があなたが住んでいた部屋を大切に保存していますよ」

「住所は転々と変えたからね、いちいちおぼえていない」

「デビュー前のご住居には約三年間、入居しています」

「だったら、そうなんだろう」

増富は警察がそこまで調査をしていることに驚いたようである。

「現在の南青山のお住まいよりも、長く住んでいましたよ。すぐご近所に岡野真澄さんのご住居がありましたね」

増富の顔色が慌《あわ》ただしく動いた。

岡野の件でつい先日、牛尾と四本の訪問を受けたばかりである。

「岡野真澄さんをご存じですね」

那須が質問を追加した。

「それは知ってるよ。先日、刑事から聞かれたからね」

「おや、刑事がもうお尋ねしているのですか」

那須が驚いたような顔を見せた。

「えっ、おたくたち、知らないの。先日刑事が来て、岡野真澄という女のことについて、いろいろと聞いていったよ」

「それはまったく知りませんでしたな。おそらく新宿署から訪問したんだとおもいますが、あなたと岡野さんはどんな関わりがあるのかな」

那須がとぼけた表情で首をかしげた。

「おれもまったく忘れていた女のことについて突然聞かれたので、びっくりしたがね」

増富は質問が岡野の方に逸《そ》れたので、少しほっとしたらしい。

「忘れていたとおっしゃると、おもいだしたのですな」

那須が増富の顔を覗き込んだ。

「刑事に言われてね。五年前、おれのオートバイに突き当たった四輪を運転していた女だよ。すっかり忘れていたが、刑事がおもいださせてくれた」

「その女性が、あなたが住んでいた『アビタまほろば』の近くに住んでいたのですが、気がつかなかったのですか」

「全然知らなかったな。いま言われて、びっくりしたよ」

「先日、岡野真澄について聞かれたときは、彼女の家と、前に住んでいたアパートがそんなに近いとは知らなかった」

「いま……びっくりした……」

「しかし、あなたがアビタまほろばに住んでいた時期と、岡野さんが近所のアパートに入居していた期間は約三年間、実際には二年余一致しています。その間、駅や通りやスーパーで顔を合わせたことはないのですか」

「顔を合わせても、おもいださなかったとおもう。おれは実際に岡野真澄に一度も会っていないんだよ」

「一度も会っていない？」

「岡野の車に突き当たって、おれはすぐ入院してしまった。横町から突然飛び出したおれの方が全面的に悪かったということで、岡野は一度も見舞いに来なかったからね。示談の話し合いはすべて保険会社が代行してくれたんだよ。会ったことはない」

これは意外な供述であった。

交通事故や交通犯罪は加害者と被害者が偶然に出会う。事故以前に会ったこともなく、事故を介して顔を合わせなければ、それ以後も会わなくとも不思議はない。

すでに岡野殺しに対しては、増富のアリバイが確立している。五年前の交通事故の加害者と被害者がたまたま近所に住み合っていたというだけで、二人の間にはどうやらつながりはなさそうであった。

もし増富の発砲時の閃光《せんこう》が岡野の窓に反射したとすれば、これは因縁としか言いようがない。

2

「ところで、あなたが住んでいたアビタまほろば二〇五号室から、梁山荘の管理人室がよく見えますね」

那須は本題に戻った。

「りょうざんそう？」

増富の面がふたたび反応を消した。

「少し前に、信用金庫集金車の強奪犯人が立てこもったアパートです。あなたは現住居に事実上移転していたにもかかわらず、アビタまほろばを押さえていたのはなぜですか」

「それは忙しくて、移転の手続きをするのが面倒くさかったからだよ。どうせゴミ同然のがらくたしか残っていないし、家賃はプロダクションが払っていてくれたからね」

「しかし、室内に入ろうとおもえば、いつでも入れたわけですね」

「それは家賃を払っているんだからね、権利はある。でも、行く暇も用事もなかったね」

「キーはどうしましたか」

「解約のときプロダクションに渡して、大家に返してもらったよ」

「実はですね、あなたの部屋から比較的新しい火薬成分が検出されたのです」

那須は切り札を出した。増富はそのことの重大な意味が咄嗟《とっさ》にわからないらしい。

「銃を発砲すると大量の火薬が射手、および周辺に飛び散ります。最近、何者かがあなたの部屋に侵入して、銃を撃った痕跡《こんせき》が認められるのですが……」

「そ、それは、知らない。おれには関係ない」

増富の言葉がもつれた。

「しかし、あなたの部屋ですよ」

「おれの部屋にしても、もう何ヵ月も立ち入っていない。だれかが入り込んだんだろう」

「いいえ、キーはあなたが二本、大家が一本、保管しているだけです。大家のキーは確実に保管されていたことが確認されています。すると、あなたか、あるいはあなたのキーを用いた何者かが、あなたの部屋に侵入して発砲したということになりますが」

「おれは立ち入っていない。キーも貸していない。あんなやわな錠は簡単に合鍵《あいかぎ》を作れるから、だれかが合鍵を用いて侵入したんだろう」

「あなた以外のだれが、合鍵を作ってあなたの部屋に侵入するのですか」

「おれには数千万のファンがいるんだよ。ゴミ同然のがらくたでも、おれのものとなればファンにとって宝のような価値がある」

増富は巧妙な口実を作りだした。

「なるほど。しかし、アビタまほろばの二〇五号室にあなたが住んでいたことは公表されていないでしょう」

「だから、おれがあそこに住んでいたことを知っている近所の人間が忍び込んだんだろう」

「入居者や近所も調べましたが、銃を所持している者はいません。あなたは猟銃の所有許可と狩猟免許を取っていますね」

「そ、それが、どうしたと言うんだ。猟銃や狩猟免許を持っている者はゴマンといる」

増富の言葉がうろたえた。

「たしかに銃と狩猟免許を持っている者はたくさんいます。しかし、それを持っている人間で、あなたの部屋に入れる者となると限られます。その筆頭は部屋の借り主のあなたということになりますね」

「冗談じゃねえよ。部屋からたまたま火薬の成分が検出されたからといって、どうしておれが発砲したことになるんだ。火薬の成分なんて、花火を上げてもつくだろう」

増富の言い訳が苦しくなってきた。

「二月に花火ですか」

那須は皮肉っぽい口調で言うと、

「あなたの部屋から発砲した犯人は、そのとき強奪犯人によって梁山荘で人質に取られていた山上かおりさんを狙撃《そげき》しています。その後、現場の綿密な検索によって、狙撃《そげき》犯人の発砲した銃丸が回収されました。ご存じとおもいますが、銃丸には銃身を通過したときに刻まれる腔綫《こうせん》模様があります。これは銃器の指紋のようなもので、同一の腔綫模様はありません。あなたの部屋から新しい火薬成分が検出されたのです。この際、あなたの潔白を証明するために、あなたが所持している銃を拝見させていただきたい」

一気につめ寄った。

言を左右にして言い逃れようとしていた増富も、銃の提出を求められて追いつめられた。回収された銃丸の腔綫が彼の所持する猟銃と符合すれば、もはや言い逃れはきかない。

3

増富孝二は一連の犯行を自供した。

「入江牧子を殺したのは私です。彼女とは何年か前、電車の中で酔っぱらいに絡まれて困っているのを助けたことから知り合いました。牧子は私にとって都合のいい恋人でした。当時、なにをしても芽が出ず、浮浪者に毛の生えたような暮らしをしていた私にとって、銀座のトップホステスの牧子は、過ぎた恋人だとおもいました。

彼女も一見美しく装い、熱帯魚のように銀座の夜を華やかに泳いでいても、多年媚《こび》を売る生活に疲れていたようでした。そんな彼女にとって、私の存在はほっとさせられるものだったようです。私にとってもセックスの悩みを解消してくれた上に、時どき金を恵んでくれる彼女は、あらゆる意味で便利な存在でした。

たがいに結婚の話は持ち出しませんでしたが、私は牧子と結婚してもいいとおもっていました。彼女も暗黙に了解していたようです。しばらくはしごくハッピーな関係がつづいていました。

ところが、私にチャンスがめぐってきて、念願の芸能界デビューを果たせそうになってから、事情が変わりました。フレッシュな新人として売り出そうとしている矢先に、年上の女がついているとわかっては、せっかく出かけた人気に冷水をかけてしまいます。私はどうしてもこのチャンスをものにしたいとおもっていました。

芸能界というところはメジャーだけにスポットライトが当たり、それ以外の者は滓《かす》です。金を生むスターだけがちやほやされ、その他大勢のどんぐりは、その辺に転がっている石やゴミのように扱われます。私はどうしてもスポットライトを浴びたかった。羽衣をまとって華やかな天上の舞台で舞いたかった。長い間、地上でくすぶっていたどんぐりが、雲を得た龍に変身して空高く舞い上がろうとする矢先に、牧子がブレーキになりました。

私の気配に逸速《いちはや》く気づいた牧子は、必死に私にしがみついてきました。彼女自身もトップホステスともてはやされながらも、年齢《とし》の限界を感じ、そろそろ銀座に見切りをつけて、私との将来を設計しかけていたようです。

私がどんぐりのままであれば、牧子は私にとって頼もしい人生のパートナーとなったでしょう。しかし、地上のどんぐりから天上のスターへと跳躍しかけていた私にとって、彼女の存在は、せっかく微笑みかけた運命にべっとりとまつわりつく濡《ぬ》れ落ち葉のようでした。いや、濡れ落ち葉なら重くありませんが、彼女は私を地上に引き戻す重しとなり、永遠に地上の奴隷とするための鎖となってきました。

なぜ、自分がこの年上の女のために自分の運命を犠牲にしなければならないのか。私は次第に牧子の存在が鬱陶《うっとう》しくなってきました。何度か話し合いをしました。しかし、牧子は絶対に別れないと言い張りました。話し合いは平行線をたどりました。そして、その間に次第に私の胸の内に殺意が蓄えられていったのです。

このチャンスをものにするためには、牧子と別れなければならない。牧子には絶対に別れる意志はない。となれば、牧子の存在を消す以外にありません。牧子も私の存在が現われては客が離れてしまうので、私との関係はひた隠しに隠していました。

昨年五月十一日の夜、私たちは最後の話し合いをしました。牧子の家に何度も出入りしては姿を見られる危険性があるので、渋谷区内の空き地に彼女を呼び出して、しばらく話し合いました。その空き地には、以前、彼女と共に何度か散歩に行ったことがあります。私としては、牧子と円満に別れられれば、なにも殺す必要はありません。

しかし、話し合っている間に、次第に牧子は激昂《げっこう》して、絶対に別れない、もしそんなことをすれば、私の心と身体を弄《もてあそ》んだ色魔だとマスコミに公表してやると言いました。私が色魔であれば、彼女はせっかくの私のチャンスをめちゃめちゃにする悪魔に見えました。その瞬間、私は胸に蓄えていた殺意が爆発して、密《ひそ》かに用意して行ったナイフで彼女の身体を刺していました。

私もうろたえていて、刺し方が甘かったらしく、牧子は必死に逃げ出しました。救いを求めて飛び出した道路で、出合い頭に車と衝突して、牧子はその車を運転していた若い女に車内に運び込まれて、走り去ってしまいました。

牧子を追って通りに飛び出した私は、意外な成り行きに車の前で立ちすくんでいました。ヘッドライトを浴びせられて、私の顔はドライバーに充分に見られたはずです。牧子が生命《いのち》を取り留めれば、私の犯行であることがわかってしまいます。私はその夜、生きた心地がしませんでした。

翌朝になって、テレビのニュースで牧子が死んだことを知って、束の間ほっとしたものの、せっかく牧子が死んでも、牧子を運んで行った若い女に顔を見られています。私が有名になれば、必ずあの女は私をおもいだすでしょう。車が走り去るとき、私は咄嗟に車のナンバーを記憶しました。そのナンバーから、車の所有者が山上かおりであることを突き止め、それ以後、彼女を待ち伏せていて、頭の上から鉢を落としたり、ホームから突き落とそうとしたりしました。

たまたま山上かおりが私のアパートの近くに住むようになったのを知り、南青山へ移転後もアビタまほろばの部屋はそのままにして、山上かおりの生活行動を探っていました。昨年、忘年会の帰途待ち伏せて狙撃しましたが失敗、その後間もなく集金車強盗の一味が立てこもったのをニュースで知って、密かにアビタまほろばへ戻って様子を見守っていました。

狙撃のチャンスは次の朝にきました。犯人がかおりを楯《たて》にして窓に立ったときを狙って狙撃しましたが、わずかな誤差で強奪犯人を撃ってしまいました。私は牧子を殺した後、デビューをして、見事にチャンスをつかみました。山上かおりを何度か襲撃したころは、すでに私の顔はテレビに露出しており、いつ山上におもいだされるか気が気ではありませんでした。

デビュー後数ヵ月しても私に気がついた様子のない山上に、もしかしたら忘れているのではないかとおもいましたが、いつよみがえるかわからない彼女の記憶が強迫観念となって、襲撃をつづけずにはいられなかったのです。

私はなんのミスも犯しませんでした。それが入江牧子や山上かおりとまったく無関係の岡野真澄との交通事故から足がつくとは、夢にもおもっていませんでした。強盗の楯となった山上を狙撃したとき、私はこれを最後にしようとおもいました。これ以上襲撃をつづけると、きっと尻尾《しっぽ》を出す。デビュー後半年以上経過してもおもいださないのだから、きっと完全に忘れているにちがいないとおもいました。

しかし、最後の狙撃が、岡野真澄の部屋の窓に反射して尻尾をつかまれてしまったことに、天の配剤を感じます」

増富孝二の自供によって、銀座ホステス殺人事件は解決した。

増富がいみじくも言ったように、事件を解決に導いたのは、まさに天の配剤であった。

地上のどんぐりが雲を得て、天に舞い上がるために罪を犯した。だが、罪を踏まえての天上への跳躍を、天は許さなかった。

一瞬の狙撃の閃光《せんこう》の反射面に意外な伏兵が潜んでいた。これこそ天が配した伏兵であった。

だが、ホステス殺しは解決したものの、岡野真澄の事件は一向に解明の兆しも見えない。

増富の自供によって、彼は岡野殺しにまったく関与していないことが確かめられた。すると、岡野はだれが、どんな動機から殺したのか。

岡野の生前の人脈には怪しい者は浮かび上がっていない。磯中昭夫のアリバイも確立した。

事件解決による打上げ式の酒の味は、捜査員にとって格別である。だが、棟居は未解決の岡野殺しが胸にわだかまって、酒の味もいまひとつであった。

いったんは合同捜査の気配濃厚であった事件だけに、意識に釈然としない靄《もや》となってくすぶっている。

「岡野は一体だれが殺したんでしょうかね」

菅原が寄って来た。彼も気にかかっているらしい。

「磯中が本命だとおもったんですが、アリバイは動かしようがありませんね」

「アリバイ工作した可能性は考えられませんか」

「無理ですね。記録もある上に、しっかりした証人が何人もいます。それに、一連の事件について警察から何度も事情を聴かれた後に、岡野に手を出すとはおもえません。磯中がそんな危険を冒すはずがありません」

「岡野の生前の人脈は悉《ことごと》く洗われて、目ぼしいものはみな消されたようですね」

「犯人は洗われた人脈の外に隠れていたます。増富が入江の人脈のリストから外れていたように、岡野殺しの犯人も洗われた人脈の谷間に息を潜めているのですよ」

犯人は顔見知りの者である。若い女が深夜、ホテルの密室に迎え入れているところを見ても、相当親密な関係にちがいない。つまり、被害者の胎児の父親であろう。

犯人はその母体と共に芽生えた幼い生命までも奪った。父が自らの子を殺したのである。

犯人にとって新たな家族になるはずであった母子を自らの手で消した犯人を、棟居は許せないおもいであった。

棟居も家族を殺されている。だが、遺族にとって、犯人が妊娠のパートナーであり、父であることは救いがないであろう。

それをおもうと、打上げ式の美酒が味気なくなった。

手前勝手な愛

1

事件を解決に導いたのは、ひとえに牛尾の発見による。

彼の本命捜査が未解決のかたわらで、打上げの美酒の盃《さかずき》を挙げるのは心苦しいおもいであった。

棟居は岡野真澄の生前の人脈リストを睨《にら》みながら、犯人が潜んでいる盲点や死角はないかと思案した。だが、いくら思案を凝らしても、なにも見えてこない。

結局、アリバイは成立したが、容疑者の最前列に立たされた磯中昭夫と、増富孝二に戻ってくる。だが、磯中のアリバイは不動である。増富は余罪を隠していない。どこかに見落としはないか。

棟居は再度、五年前の交通事故の調書を読んだ。そんな古ぼけた交通事故は接点にならないと嘲笑《あざわら》われたが、どうもこの交通事故には不透明な部分があった。

どこが不透明なのか確かめられないのが違和感となって、意識に軋《きし》っている。

調書によると、岡野真澄が世田谷区の路上を進行中、突然、横町から増富孝二の自動二輪が飛び出して来た。これを避けようとして反対車線に飛び出し、そこへ進行して来た磯中の車と接触したというものである。

この事故のどこに不透明な部分があるのか。いくら思案しても、意識に煮つまってくるものはない。

そのくせ、不透明な膜はますます濃くなって、べっとりとまつわりついてくる。あとわずかな力で不透明な膜を突き破れそうな予感が蠢《うごめ》いているが、そのわずかな力が不足している。

思案を凝らすほどに疲労が蓄積して、力が弱々しくなっていく。

久し振りの早帰りで庁舎から表へ出た棟居は、ちょうど通りかかった空車を停めた。降り積もった夕闇の中に聳《そび》える庁舎を振り仰ぐと、今日も捜査一課の窓が暗い。全員出動中らしい。

捜査一課の大部屋がしんと静まり返っているときは、最も一課が忙しいときである。那須班はホステス殺人事件を解決して、束の間の休養に入っているときである。だが、新たな事件が発生すれば、すぐにも呼び出される。

発進しようとした矢先、下田《しもだ》の姿が見えた。棟居は窓を開いて声をかけた。

「下《しも》ちゃん、どこへ行くんだい」

　棟居は問うた。

「久し振りの早帰りで、どこへ行こうか迷っています。家に真っ直ぐ帰っても、待っている人がいるわけじゃないし」

　下田が少し寂しげに答えた。独身の下田には待っている家族がいない。待つ者がないのは、棟居も同じである。

「どこへ行くにせよ、途中まで乗って行かないか。行き先が決まったら、送り届けてやるよ」

　棟居は言った。

「それじゃあ、乗せてもらいましょうか」

　下田は棟居が停めたタクシーに乗り込んで来た。

　下田が乗り込んだとき、棟居は、あっと声をあげた。

「棟《むね》さん、どうしました」

　下田が問いかけた。

「同乗者がいたよ」

「同乗者？」

　下田は咄嗟《とっさ》に棟居の言葉の意味がわからない。

「磯中が岡野真澄の車と接触したとき、たしか同乗者がいた」

「同乗者がどうかしましたか」

「磯中ばかりマークしていて、同乗者の存在を忘れていた。同乗者も岡野真澄と接触したという点ではまったく同じだった」

調書には、磯中の同乗者は無傷であったとだけしか記入されていなかった。

もともと磯中車は事故に巻き込まれただけであって、責任はない。事故の当事者は岡野と増富であり、磯中は巻き込まれた第三者（車）と言える。

調書も、ハンドルを握っていた磯中から事情を聴いただけで、同乗者からの調書は取ってない。事故の調査に当たった交通警官も、第三者の同乗者は眼中になかったらしい。

だが、それは警官の視点で、同乗者から見れば、磯中同様、ほかの車に接触した事実には変わりない。

この接触を契機にして、岡野と同乗者の間につながりが生じたかもしれない。

「棟さん、なにか嗅《か》ぎつけたようですね」

下田が棟居の顔色を読んだ。

「うちが担当した事件《ヤマ》ではないがね、これまで気がつかなかったことが見えてきた。きみが同乗してくれたおかげでね」

棟居は下田を途中で下ろすと、行き先の変更を運転手に伝えた。

磯中はまだ在社していた。居留守を使わせないために、突然乗り込んで来た棟居に、磯中は露骨に迷惑の色を見せた。

「もういいかげんにしていただけませんか。申し上げるべきことは、すべて申し上げたはずです」

磯中は抗議するように言った。

「すぐにすみます。五年前の岡野真澄さんとの交通事故の件ですが……」

「あの事故は、私に責任がないと申し上げたはずです」

「責任の問題ではありません。あのとき、あなたの車には同乗者がいましたね」

「同乗者……」

磯中は虚を衝《つ》かれたような表情をした。

「そのとき、あなたの車に一緒に乗っていた人はだれですか。調書には、同乗者はただ無傷とだけしか記入してありませんが」

「同乗者がどうかしたのですか」

「ちょっと興味を持っただけです。調べればいずれわかることですが、あなたに直接聞いた方が手っ取り早いとおもいましてね」

「同乗者にも迷惑をかけましたよ。おかげでアポイントメントに遅れてしまいました」

磯中の言葉は、同乗者がいた事実を認めている。

「だれが一緒に乗っていたのですか」

「義父です。もっともそのときはまだ家内と結婚していませんでしたが」

「ほう、奥さんの父上……たしか……」

「飯島専務です。当時は常務でしたが……」

「飯島……さん」

棟居は壁に新たな窓を穿《うが》たれたような気がした。

「義父がどうかしましたか」

「情報として集めています」

棟居は磯中の反問を軽くいなして、彼の許《もと》を辞去した。

2

牛尾は棟居から、岡野真澄が磯中車と衝突したとき、彼の車に飯島信夫が同乗していた事実を伝えられて、脳裡《のうり》に閃光《せんこう》が迸《ほとばし》ったように感じた。

同乗者は彼の意識の死角にあった。これが加害車であれば当然注目したであろうが、被害車の同乗者までには目がいかなかった。

担当の交通警官ですら眼中になかった同乗者は、当初から牛尾らの死角にいた。だが、岡野との接点という意味では、同乗者もまったく同じ位置にいる。

飯島信夫は山上喜一郎の右腕として、いまや山上グループの中で最も羽振りがよい。ポスト山上は飯島という下馬評が最も高い。

これまで岡野真澄の身辺に飯島は浮かび上がっていない。交通事故を介しての隠れたる人間関係と言うべきである。

子会社のイメージガールがおもわぬ交通事故で顔に怪我をし、失意のどん底に突き落とされたとき、重役から優しく手をさしのべられたとしたら、どうであろう。

イメージガールはフリーの契約関係にすぎないので、役に立たなくなれば、即刻解雇されても文句を言えない。

それを正社員に採用して手厚く補償したのは、背後に飯島の意志が働いていたのかもしれない。牛尾はこの辺を調べてみる価値がありそうだとおもった。八方塞《ふさ》がりの捜査本部に、飯島の浮上は新たな光を投げかけるかもしれない。

「磯中と同じで、要するに、古ぼけた交通事故の同乗者というだけにすぎないのではないか」

という消極意見があったが、岡野真澄の身分に影響力のある重役の浮上は無視できないというのが、捜査本部の大勢意見になった。

捜査会議によって、飯島信夫の身辺内偵が決定された。

内偵によって、岡野真澄をナチュラルボーンの正社員に採用したことについては、当時、飯島の推薦があった事実が判明した。

ナチュラルボーンとしては、顔に受傷したイメージガールは、むしろ会社のイメージを

損なうので解雇の方向に向かっていたが、飯島が、

「責任はないとしても、実際に我が社の車と接触して怪我をしたのであるから、一方的な解雇はあまりにも無情である。もともと事故の原因は、突然飛び出して来たオートバイにあり、岡野に非はない。これを一方的に解雇しては、会社としてもあまりに冷酷で、社のイメージ上、好ましくない」

と圧力をかけて、結局、ナチュラルボーンの正社員に採用したものである。

飯島の庇護《ひご》によって、岡野は路頭に迷うところを救われた。つまり、岡野は飯島に借りをつくったのである。

3

捜査本部は飯島信夫の任意同行を検討した。

磯中と同じ理由で、時期尚早とする消極論もあったが、すでに磯中に対して事情聴取した以上は、その同乗者に対する任同（任意同行）を妨げないとする意見が大勢を占めた。

磯中の先例に鑑《かんが》みて、飯島の容疑性をさらに掘り下げるべきではないかという意見があったが、岡野に対する事故後の飯島の庇護や、影響力の大きさから考えて、磯中、増富以上の接点を持っていると見る者が多かった。

ここに飯島の任意同行を前提として、さらなる容疑性の掘り下げが決定された。

飯島の身辺に内偵捜査の網が張りめぐらされた。

その結果、
①岡野真澄のナチュラルボーン採用に際して、飯島の内意が働いていた。
②ハイム・ワンドアの近くの住人が、飯島が出入りする姿を認めている。
③岡野をナチュラルボーン・イメージガールに採用するに際して、飯島は選考委員の一人を務め、強く推薦している。
④飯島と岡野は同郷出身者である。
⑤二月二十日深夜から翌日未明にかけて、飯島が新宿プラザーズホテルにいた状況がある。
という事実が判明したため、両人の間にはつながりがあった状況が濃厚であると推測されて、ここに任意同行の要請は決定された。

四月二十三日午前七時、新宿署捜査本部の捜査員六名は、杉並区久我山《くがやま》の飯島信夫の自宅に赴いて、任意同行を要請した。

自宅の食堂で朝食を摂《と》っていた飯島は、時ならぬ時間の捜査員の訪問に、ショックを受けた様子である。

だが、すぐに平静を取り戻して、驚いている細君に、すぐに戻ると言って、素直に要請に応じた。飯島はそのまま新宿署に連行された。取り調べに当たったのは中島班の中島警部である。牛尾と四本が補佐に当たる。

「本日は早朝からご足労いただき、恐縮です」

中島は低姿勢に切り出した。

「突然の呼び出しを受けて、びっくりしました。私にできることならなんでもいたしますが、あらかじめお電話をいただければ、お迎えいただかなくとも参上しましたのに……」

不意の朝駆けから立ち直った飯島は、皮肉っぽい口調で切り返した。

年齢《とし》の割にスリムな引きしまった身体をしている。皮膚も若々しい。

「ご迷惑をおかけいたしまして申し訳ありませんな。岡野真澄さんのことでお尋ねしたいことがございます。岡野さんはご存じでしょうね」

「おかのますみ……？」

飯島の表情がとぼけていた。

「ナチュラルボーンの受付係です。二月二十日、新宿プラザーズホテルで殺されたことをご存じですか」

「ああ、あの岡野真澄……さんですか」

飯島がようやくおもいだした表情をした。

「たしか飯島さんが推薦したと聞きましたが」

「だいぶ以前のことです。ナチュラルボーンのイメージガールとして契約したのですが、後に社員に採用しました」

「交通事故が原因だったそうですね。その当事者の一人が飯島さん、あなたでした」

「とんでもない。私は当事者ではありませんよ。たまたま事故に巻き込まれた車に同乗していただけです」

「その点は留保するとして、彼女が二月二十日、新宿プラザーズホテルで殺されたことはご存じでしたか」

「ニュースで知りました。お気の毒だとおもいます。一体、だれがそんなひどいことをしたのですか」

「その事件の捜査を担当しております。つきましては、あなたは岡野さんとかなり親しい仲と推察いたしましたが……」

「こういうのを親しい仲と言うのでしょうか。同郷出身なので、イメージガール選考の際は推薦しましたが、彼女を推したのは私一人ではありません」

「交通事故の後、ナチュラルボーンの社員に採用したのも、あなたのご推薦ですね」

「はて、そうだったかな。古いことなのでよくおぼえていないが、当方に責任のない事故ではあっても、同郷、同系列の誼《よしみ》もあって、同情したのかもしれません」

「それだけですか」

「それだけとは……？」

「それ以上のご関係はありませんか」

「なにか引っかかるご質問ですね。それ以上の関係があるはずがないでしょう」

「二月二十日夜、どちらにおられましたか」

「それはどういう意味でしょうか」

「多少とも関係のある方にはおうかがいしております。ご協力いただけませんか」

「多少ともとおっしゃいますが、私は現在、岡野さんとはなんの関わりもありませんよ」

飯島の口調が抗議調になった。

「それならばけっこう。同郷、同じ傘下の社員の誼としてお聞かせください」

「なんだかアリバイを聞かれているようで、はなはだ不愉快ですな」

「実は、二月二十日、岡野真澄さんが新宿プラザーズホテルで殺害された夜、あなたを同ホテルで見かけたという情報をつかんだのです」

「ば、ばかな。私は当夜は自宅にいた……」

「ほう、べつに同じホテルにいたところで、なんら差し支えないのではありませんか。あなたと岡野さんとの間になんの関わりもなければ」

「最初にアリバイを聞かれれば、当然疑われているとおもうでしょう。多少とも関わりのある人間に聞いていると、いま言ったじゃありませんか」

「お気に障ったところを見ると、関わりがあるということでしょうか」

「私は関わりとは認めていません。アリバイを聞かれるような関わりは、特定の関係です。もし私が岡野さんと特定の関係があると言うなら、ナチュラルボーンおよび山上グループのすべての社員は、彼女と関係があるということになりますよ」

「同郷、イメージガールと正社員への推薦、巻き込まれた事故車の同乗者、これだけ重なれば、特定の関係があると申し上げてもよいのではありませんか」

「二月二十日の夜は定時に退社して、自宅に帰っていましたよ」

「そのことを知っている人はいますか」

「家内が知っています」

「奥さん以外に、どなたかいらっしゃいますか」

「夜はだれも自宅に呼びません」

「どなたからか電話はありませんでしたか」

「記憶にありません」

「すると、同夜、あなたを新宿のホテルで見かけたという情報は、どういうことになるのでしょうか」

「人ちがいでしょう。私は同夜、新宿へなど行っておりません」

「岡野真澄さんは二月二十日夜、新宿プラザーズホテルの一六二四号室に入室していました。一六二四号室はダブルルームです。都内にお住まいの岡野さんが、新宿のホテルにダブルルームを取ったということは、彼女が当夜、だれかを待っていたことが推測されます」

「そうとは断定できないでしょう。私の経験では最近の東京のシティホテルには一人部屋はありません。シティホテルに一人で泊まる客は、ツインかダブルを一人で取ります。これをシングルユースと呼ぶそうです。シングルを希望する人は、ビジネスホテルへ行きますよ」

「ほう、ホテル事情に詳しいですな。しかし、新宿からほど近い地域に住んでいる女性が、ダブルルームを取ったということは、だれかを待っていた可能性が大きいんじゃありませんか」

「そうとは決めつけられません。たまにはホテルのゆったりとした部屋で寛《くつろ》ぎたいとおもったかもしれませんよ」

「しかし、岡野さんはホテルのレジスターには二人と記入しています」

中島ははったりをかませた。

「そ、それは、見栄じゃありませんか」

「見栄……」

「外国映画にそんなシーンがありましたね。ハイミスが一人で旅行していて、いかにも連れがいるように見せかける場面が……」

「ほう、見栄ね。なるほど、そういうこともあるかもしれませんな」

中島は感心したようにうなずいた。

「当夜、私を新宿で見かけたという情報は、どこから得たのですか」

飯島は立ち直ってきていた。引っかけるだけのはったりとおもったようである。

「岡野さんは当夜、ホテルから友人に電話をかけていました」

「友人に電話を？」

飯島がぎくりとした表情をした。岡野が自分に電話をかけたのではないかとおもったようである。

「岡野さんがかけた相手の電話番号は、すべてホテル側に記録されてありました」

「彼女が一方的に電話をかけたからといって、関係があるとは限らないでしょう」

「なにか勘ちがいをされているようですね。岡野さんが電話をかけた先は、あなたではありません。電話の相手に確かめましたところ、二人とも岡野さんから電話を受けたときは留守で、留守番電話に岡野さんのメッセージが残されていました。二人は岡野さんの女性の友人で、コールバックしてくれるようにとのメッセージでした」

「それが、私にどんな関係があるのですか」

「岡野さんが当夜電話をかけた二人は、山本節子《やまもとせつこ》さんと青木静江《あおきしずえ》さんという友人です。山本さんはナチュラルボーンの同僚で、青木さんはイメージガール時代の友人であったそうです。青木さんは当夜、旅行中で、コールバックをしなかったそうですが、山本さんは午前零時ごろ帰宅し、岡野さんのメッセージを聞いて、すぐコールバックしたそうです。ところが、そのときは岡野さんはすでに殺害されていました」

飯島の顔色が動揺してきた。

「岡野さんの友人が、岡野さんにコールバックしようとしまいと、私にはなんの関係もありません」

飯島は動揺を抑えるようにして言った。

「ところが、関係がないとは言えないような状況があるのですがね」

中島が飯島の顔色を測った。

「それは、どんな状況ですか」

「岡野さんはコールバックするようにメッセージを残した際、ホテルの電話番号ではなく、べつの電話番号を告げたのです」

中島の言葉に、飯島の顔色がはっきりと変わった。

「おや、お顔の色がよくないようですが、ご気分でも悪いのですか」

中島が意地悪く、飯島の顔を覗《のぞ》き込んだ。

「いえ、なんでもありません」

飯島は虚勢を張った。

「それならばけっこうです。〇九〇－三六〇四－〇×二×、もちろんこの電話番号をご存じですよね」

中島が一直線に飯島の面に視線を当てた。

「なぜ岡野さんが私の携帯電話番号を友人宛のメッセージに残したのかわかりませんが、私にはなんの関係もありません」

飯島は開き直ったように言った。

「それが、関係ないとは言えないような状況になっております」

「いい迷惑ですよ。勝手に人の電話番号を他人宛のメッセージに残すなんて」

「山本さんはメッセージの通り、あなたの携帯電話に当夜、コールバックしてきました」

「そう言えば、当夜、知らない人間からそんな電話がかかってきたようです。てっきりまちがい電話かとおもいました」

「それはまちがい電話ではなく、山本さんが岡野さんのメッセージに従ってコールバックしたのですよ」

「私にはなんのことかわかりませんでした。まちがい電話だとおもって、すぐに切りました」

「その電話はどこで受けましたか」

「もちろん私の自宅です。携帯電話はいつも枕元に置いていますが、時ならぬ時間にベルが鳴ったので応答すると、まちがい電話でした。それが山本さんとやらのコールバックだったのでしょう」

「その電話を受けたのは、たしかにご自宅でしたか」

「そうです」

「すると、大変おかしなことになります」

「なにがおかしいのですか」

「あなたにぜひ聞いていただきたいものがあります」

中島はかたわらの牛尾に、目顔で合図を送った。

牛尾があらかじめ用意しておいたらしい小型カセットテープレコーダーを取り出して、飯島の前に置いた。

牛尾が再生ボタンを押すと、

「節子？　私、真澄よ。帰ったら〇九〇－三六〇四－〇×二×にコールバックしてくれない。じゃあね」

つづいて、

「ただいまの時刻は午後十時三十二分です」

という機械的なテープの声の後に、ふたたび、

「もしもし真澄？　節子。なにか用なの」

一拍おいて、

「まちがい電話です」

にべもない応答と共に、電話が切られた。

録音はそこで終わっている。

「いかがですか。まちがい電話ですと応答しているのはあなたの声ですね。山本節子さんは、いたずら電話が多いので、留守番電話はもちろんのこと、発信した電話もついでにすべて録音してテープを保存していました」

「それが、どうしたと言うのですか。岡野さんがなぜ私の携帯にコールバックするようにメッセージを残したのかわかりませんが、要するに、私はまちがい電話に応答しただけです。それがどうして困った状況なのですか。もっとも私にとっては迷惑な状況と言えますがね」

「山本さんの録音には、彼女とあなたの一問一答だけではなく、その背後の音声がわずかに入っております。こちらは技術的に処理をして、背後の音声を強調したものです」

ふたたび中島の目配せを受けて、牛尾がべつのテープを再生した。

第一テープではよく聞こえなかった背後の音声が増幅されている。

「藤田様、ルームサービスでございます」

という声がはっきりと聞こえた。

「いかがですか。この音声が、あなたがご自宅で受けたはずの携帯電話にはっきりと入っています。この音声は調査いたしましたところ、二月二十一日午前零時ごろ、新宿プラザーズホテル一六〇八号室に入室していた藤田《ふじた》賢一《けんいち》氏という客の部屋に、ルームサービスを運んで行った同ホテルのルームサービス係の声です。藤田氏と係に問い合わせたところ、両人とも認めました。

当夜、自宅で山本節子さんからの電話を受けたはずのあなたの電話に、どうして新宿ブラザーズホテル一六〇八号室のルームサービスの音声が入っているのですか。この点を、電話の持ち主のあなたから直接確かめたくて、本日ご足労いただきました」

中島にぴしりと止《とど》めを刺すように言われて、飯島の面が蒼白《そうはく》になった。

4

飯島信夫は犯行を自供した。

「岡野真澄とは五年前の交通事故以後、密《ひそ》かに交際していた。事故によって顔を傷つけ、芸能界へのデビューが頓挫《とんざ》してから、私が口をきいて、ナチュラルボーンの正社員に採用した。だが、彼女はまだ芸能界への夢を断念したわけではなかった。私との交際が露見すると、芸能界デビューには不利になるので、私との関係は厳重に秘匿した。私にとっても、立場や家庭の手前、その方が都合がよかった。

イメージガールで少し人気が出たのに舞い上がっていたが、もともと才能はなかった。事故が起きなくとも、芸能界は無理だった。しかし、彼女は私に感謝するどころか、芸能界に挫折《ざせつ》した鬱憤《うっぷん》を私に向けて、事故そのものの責任までが私にあるような言い方をしてきた。

極秘の関係が五年つづいて、ようやく真澄も芸能界への見果てぬ夢をあきらめるようになった。新しいスターが次から次に登場して、五年前の一企業のイメージガールなどは、とうに忘れ去られていた。特に際立った容姿の持ち主でもなく、歌が歌えるわけでもなく、演技ができるわけでもない真澄が、顔の傷が治って再デビューできるほど、芸能界は甘い世界ではなかった。

ようやく芸能界への夢をあきらめたころ、真澄は妊娠した。真澄は自分の将来をその胎児にかけるようになった。中絶を求める私に、絶対に産むと言い張り、離婚して自分と結婚するように求めてきた。そんなことはできる相談ではない。だが血迷った真澄は、自分の要求を受け入れてくれなければ、すべてのいきさつを書いた手記をマスコミに公表すると、私を脅した。ちょうど次期社長の候補をめぐって、私は微妙な位置にいた。元イメージガールとのスキャンダルは、社長候補レースにとって確実なダメージとなるだろう。

私は真澄を説得した。しかし、真澄は私のデリケートな立場を悟ると、ますます強気になって、自分の言う通りにしなければ、甘い言葉を用いて、自分の娘よりも若い自社のイメージガールを騙《だま》し、弄《もてあそ》んだことを文書に書いて会社にばらまいてやると脅した。そんなことをされたら、社長レースどころではなく、私は社にいられなくなるだろう。

胎児も本当に私の子かどうかわかったものではない。つまらないイメージガールに引っかかったばかりに、せっかくつかみかけた千載一遇の機会をつぶされようとしている。私の胸の中に、真澄に対する殺意が次第に脹《ふく》らんできた。

こうして二月二十日の夜、私は真澄の要求に応ずるための話し合いと称して、新宿プラザーズホテルに誘い出した。真澄はなんの警戒もせずに、私の指示の通りにホテルに部屋を取った。

犯行後、現場から抜け出して廊下を歩いているとき、突然、携帯電話のベルが鳴った。まったく予測をしていなかったので、私は狼狽《ろうばい》した。折悪しくルームサービス係とすれちがった。私はルームサービス係に不審を持たれないために、咄嗟《とっさ》に電話に応答してしまった。応答すべきではなかった。コールベルを無視するか、電源を切るべきであった。さらに、現場に臨む前に、電源を切っておくべきだった。

予想外の電話に、私は冷静さを失っていた。電話が真澄宛だったので、ますますうろたえてしまった。どうして真澄の知人が私の携帯電話番号を知っていたのかわからない。犯行直後に私の携帯電話に電話をかけてきた相手が、私の犯行を知っているような気がして、生きた心地がしなかった」

飯島の自供によって、すべての事件が解決した。

「それにしても、岡野真澄はなぜ友人に飯島の携帯電話番号をおしえたのでしょうか」

捜査本部の打上げ式で青柳《あおやぎ》が問うた。

「彼女は友人に、証人になってもらいたかったんじゃないかな」

「証人？」

「愛の証人だよ。飯島の真澄の要求に応ずるための話し合いという言葉を信じて、自分の証人になってもらいたかったのかもしれない。話し合いの現場に友人が電話をかけてくれば、飯島としても口から出まかせは言えなくなるとおもったんだろう。それが、犯行の証人となってしまったのは皮肉だ」

「愛の証人としても、手前勝手な愛ですね」

「おたがいにね。愛とは、愛する対象を中心にしているはずなのに、彼らはいずれも自分中心だった。自分中心の愛の破局が、友人を証人として巻き込んだのだよ」

「殺人の現場に携帯電話の電源を入れて持ち込んだのは、どういう神経でしょうね」

「習性だな。日本国中、いや、全世界が携帯電話とポケベルの鎖につながれた奴隷になっている。おれたちも例外ではない。いつ、どこから、だれからあるかもしれない連絡に怯《おび》えて、携帯電話の鎖を引きずっている。

　プライバシーというものは自分以外のだれにも知られない時間を持つということだ。便利さを追求した人間たちは、自らその時間を放棄してしまった。犯罪は犯人にとって最もプライベートな時間であるはずだ。それなのに携帯電話によって自分から墓穴を掘ってしまった」

　牛尾の口調は悲しげですらあった。

寂しさに耐える宿命

1

一連の事件がすべて解決して、山上かおりの脅威もなくなった。もはやかおりを七勇士が守る必要もなくなった。

事件解決と共に、かおりの被害妄想癖も直ったようである。

かおりは七勇士と共に梁山荘《りょうざん》に留《とど》まることを希望したが、父親の喜一郎は、事件解決と共に、かおりに自邸に帰って来るように命じた。

喜一郎にしても、これ以上、娘を得体の知れない七勇士に預けておく意味がなくなったのである。かおりは抵抗したが、松江勇作から諄々《じゅんじゅん》と諭された。

「いつまでも私や六勇士と一緒に、梁山荘に住んでいるわけにはいかない。人間には出会いがあるように、必ず別れがある。七勇士も人生の一時期、この梁山荘に流れ着いただけで、いつまでもここにいるわけではない。お父さんの要請に逆らって、いつまでもお父さんに抵抗して、一人で暮らしているわけにはいかないよ。私たちはしょせん他人だ。お父さんがきみの幸せを一番考えている。親の意見と茄子《なす》の花には無駄がないと言うじゃないか」

「おじさまも、私が父の許《もと》へ帰るのを望んでいるのね」

「私はきみの父親ではない。きみと離れるのは悲しいが、いずれは別れなければならない」

「梁山荘の皆さんと別れたくないわ」

「七勇士もいずれはみんな、散りぢりに別れて行く」

「せっかくあんな素晴らしい人たちが集まったのに、どうして別れなければならないの」

「会えば必ず別れがある。親子、きょうだい、夫婦でも、必ず別れがあるよ」

「おじさまも私と別れたいの」

「別れたくないさ。しかし、いつまでも一緒に暮らすことはできない」

松江がかおりを諄々と説得しているとき、ドアにノックが聞こえた。かおりが立ってドアを開くと、春田弥生が佇《たたず》んでいた。

「いらしてくださってよかったわ。急な話だけれど、私、今度引っ越すことになったの。短い間だったけれど、お世話になりました」

弥生は殊勝な口調で言った。

「あら、お引っ越し!?」

ちょうど松江と出会いと別れについて話していたタイミングを測っていたかのような弥生の転居の通告に、かおりはびっくりした。

「いつまでふらふらしていても仕方がないので、愛人になることにしたの。東都信用金庫の理事長がハゲ（スポンサー）になってくれることになったのよ。豪勢なマンションを手当てしてくれて、一ヵ月百万の電話番なら悪くないとおもって、決めたのよ」

弥生はしゃらっとした表情で言った。

弥生にとって愛人になることは、定職に就くような意識であったのであろう。絶妙のタイミングを測ったかのような弥生の移転通告は、かおりにショックをあたえたようである。

「おじさまはじめ、皆さんと別れるのは悲しいけれど、私は皆さんに大変迷惑をかけていたのね」

かおりはぽつりと言った。

「かおりさんから迷惑を受けたなんておもっている者は一人もいない。むしろ、きみが梁山荘へ来て、みんなが生きている張り合いを持ったんだよ。人間があまりにも大勢寄り集まって、たがいに無関心に生きている都会の中で、隣人たちがたがいに助け合って生きるのは素晴らしいことだ。私たちはその素晴らしさを忘れていた。かおりさん、きみが梁山荘の住人たちの連帯の源になってくれたんだよ。むしろ、私たちの方がきみに感謝すべきかもしれない。きみや弥生さんがいなくなると、梁山荘はずいぶん寂しくなる。しかし、寂しさに耐えて生きるのも、都会に住む人間の宿命なんだよ」

「寂しさに耐えて生きる宿命……。そうだったわ。人間はみんな寂しさに生きる宿命を負わされているのね」

「きみと一緒に過ごしたこの一年弱は、本当に楽しかった。梁山荘の住人もみんなそうおもっている。きみが来てくれたおかげで、私たちは人生の一時期、寂しさに耐える宿命を忘れられた。きみがいなくなった後の寂しさがおもいやられるけれど、それが人間の本来の姿なんだよ」

松江はかおりを諭しながら、かおりが去った後の本来の宿命の重みに耐えていけるだろうかとおもった。どんなに寂しくても、それに耐えなければならない。

もともと松江がかおりと同じ屋根の下に住んでいたことが奇跡だったのである。

2

かおりが父親の家へ帰るというニュースは、梁山荘の住人たちに衝撃をあたえた。

六勇士が集まって、かおりと弥生の送別会を開いた。

「いずれは、このおんぼろアパートから出て行くとおもっていたが、とうとうその日がきてしまったんだな」

藪原玄庵が寂しげに言った。

「仕方がないでしょう。掃き溜《だ》めに舞い降りた鶴が、いつまでも掃き溜めにいるはずがない」

近藤平一が言った。

「おいおい、いくらなんでも掃き溜めはひどいんじゃないか。せめて地上の長屋に降りて来たかぐや姫とでも言ってもらいたいな」

大町半月が抗議した。

「もしかして掃き溜めに鶴って、私のことかしら」

弥生がとぼけた表情で問うた。

「あなたは鶴ではなくて……そうだな、孔雀《くじやく》だよ。気まぐれに裏長屋に羽を休めた美しい孔雀だ。鶴にしても孔雀にしても、このおんぼろ長屋には過ぎていた。どこに出しても恥ずかしくない粱山荘の二輪の花が一遍にいなくなってしまうのは、とても残念だよ」

弁慶がしみじみとした口調で言った。

「孔雀は雄の方が美しいのよ。雌はどうってことないわ」

弥生が不満そうに訴えた。

「そう言えば、弥生さんはニューハーフで通らないこともないな」

富田銀平がまぜっ返した。

「こら、言ったな。私のような美い《い》女をニューハーフとは、なにごとよ」

弥生が柳眉《りゅうび》をきりりと逆立てたので、

「ああ、ごめんごめん。孔雀でなくて蝶々《ちょうちょ》はどうだね」

「蝶か……天女や鶴に比べて、だいぶ見劣りがするけど、まあいいか」

「夜の蝶と言うからね」

「それが一言多いと言うんだよ」

弥生がまたきっとなったので、一座がどっと沸いた。

「これから花見や忘年会が寂しくなるなあ」

近藤が肩を落とした。

「お花見や忘年会には必ず来るわ」

かおりが言った。

「私もお仲間に入れてね」

弥生がかおりの驥尾《きび》に付した。

松江は彼らの話の輪から一人離れて、はたしてそれまで残りの住人たちが梁山荘にいるだろうかとおもった。

彼らも人間の海の都会で、梁山荘という小さな港に束の間、寄り集まった小舟にすぎない。それぞれが錨《いかり》も纜《ともづな》も持たないような漂流する小舟が、波と風のまにまに吹き寄せられて来た。

かおりにしても、梁山荘から出て行った先に、また新たな人生がある。去る者日々に疎し。

梁山荘を懐かしがって、一、二度は花見や忘年会に加わるかもしれないが、速やかに新たな生活に新しい根を下ろしていくだろう。またそうでなければならない。

松江は梁山荘から出て行った二隻《にせき》の船を、広大な人間の海の中に見失ったような気がした。

解説

小《お》椰《なぎ》治《はる》宣《のぶ》（文芸評論家）

森村誠一の作家デビューは、処女長編『大都会』を世に送り出した一九六七年と考えてよかろう。その後も『幻の墓』、『銀の虚城』、『むごく静かに殺せ』などの社会小説や企業小説を発表していくが、一九六九年、『高層の死角』で第十五回江戸川乱歩賞を受賞したのを機に、推理小説に本格的に取り組むようになっていくのである。

つまり、森村誠一は「職業作家」として四十年近く「小説」を書き続けていることになる。作家としてデビューすることよりも、それを続けていくことの方が遥《はる》かに難しいと言われる文壇において、これだけの長期間「作家」であり続けることは至難といえる。

だが、長く書いていると、作家が陥る「罠《わな》」のようなものがある。作品のマンネリ化、あるいは作品そのものの質の低下・劣化である。これは、作品数が増えれば増えるほど避け難くなる現象といっていい。

読者の側でも、こうした作品のマンネリ化や劣化を、必ずしも忌避するわけでもなく、場合によっては歓迎する向きもあるので、これは作家にとってはきわめて危険な「罠」であり、落とし穴でもあるのだ。

森村誠一は、この「罠」を十分に認識し、それを回避し続けてきた稀有《けう》な作家である、と私は思っている。普通ならば、書き続けていく内にどうしても作品の劣化が見られるものなのだが、森村作品にはそれがない。人間でいえば老化現象にあたるような、作品の弛《たる》みといったものが感じられないのである。

いつまでも、良い意味での若さや青臭さが磨《す》り減らずに残っているのだ。読者が無意識の内に森村誠一の世界に引き込まれてしまうのは、そのあたりに起因しているのかもしれない。

なぜ、森村誠一の生み出す作品は劣化しないのか。それは、作者の厳しい創作姿勢にある。名声に驕《おご》って楽に仕事をする、そうした環境からはなるべく自己を遠ざけ、あくまでも作品で勝負する。これが、森村誠一の創作上の信念ではあるまいか。

一作一作が真剣勝負、どんな場合でも妥協はしない。そして、作品の核の部分には「これを書くために作家になったのだ」という強いメッセージが込められてもいる。

こうした創作姿勢が、作品のなかを背骨のごとく貫き、凜《りん》とした雰囲気を醸し出しているのだ。だからであろう。過去の作品もその「面白さ」が風化することなく、今なお十分に読み応《ごた》えのある質を維持し続けているのだ。

ちなみに、『高層の死角』の元版（講談社）の「著者の言葉」には次のように記されている。

「組織の片すみの微小な歯車としてめまぐるしく動き回っているとき、ふと吹きつけるような虚《むな》しさを覚えた。ただ一度限りのいのちをこのようなことに磨《す》り減《へ》らしてよいものか、自分が本当に為すべきことは他にあるのではないだろうか？　そんな虚しさを充たすために書き下したのがこの作品であります。

それが幸いにも一つの評価を与えられた。これを足がかりにして、自分の生きている意味を地道に積み重ねていきたい。――そんな大それた野望を抱くようになりました」

ここにある「自分が本当に為すべきこと」を森村誠一は、デビュー当時から四十年近くを経た今もなお追求し続けながら作品を書いているのである。しかも、ガラスペンを用いて書いているというのも、いかにも作者らしい。これについて、「KADOKAWAミステリ」（二〇〇二年六月号）に掲載されたインタビュー（「作家の仕事術」）のなかに、こんなコメントを見つけたので紹介しておこう。

「私にとってなによりの刺激は、同業作家の凄い作品や、新人の才能です。おれも頑張らなければいけないとおもい直して、愛用のガラスペンを手にふたたびデスクに向かいます。ちなみに私のペンは特注のガラスペンで、総体二グラム。いまは生産中止で、二万本特注し、年間消費量約六百本、すでに一万二千本を消費して、残りの八千本は銀行の貸し金庫に保管しています」

　さて、本書に登場する棟居刑事は、数多くの森村誠一作品の登場人物のなかでも、もっとも印象深いキャラクターの一人ではなかろうか。作者の心のマグマをもっともよく体現しているキャラクターといってもよいのかもしれない。「棟居刑事シリーズ」の愛読者ならば先刻ご承知のように、『人間の証明』（一九七六）が、彼の初登場作品となる。

　物心つかないうちに母が軍人と駆け落ちしたため、父親に育てられるのだが、その父も棟居が四歳のときに亡くなってしまう。米兵になぶりものにされていた若い女を助けようとして、逆に袋叩《ふくろだた》きにされ、三日後に息を引き取ったのだ。そのとき誰も父を助けてはくれなかった。

　それ以後、深い人間不信に陥った棟居は、人間全体に復讐《ふくしゅう》するために刑事になるのである。決して社会正義のためではない。『人間の証明』には、こんな一節がある。

「棟居の犯人に向ける憎しみには、異常なものがあった。警察官を志したからには、だれでも犯人に向ける憎悪や怒りがある。だが棟居の場合、それがあたかも自分の肉親を殺傷した犯人に対するごとき個人的感情が入っているように見える」

　そんな棟居刑事にも、結婚を機に平穏な家庭生活を楽しむ日々が訪れるが、それも四年で終止符が打たれてしまう。妻の春枝と娘の桜が、棟居の留守中に強盗に殺害されてしまったのだ。犯人は捕まらぬままである。

さらに、タイトルに棟居刑事の名を冠した記念すべきシリーズ第一弾『棟居刑事の復讐』（一九九三）では（それ以前の『新・人間の証明』、『社賊』、『完全犯罪の使者』にも棟居刑事は登場している）、親友の横渡刑事が、暴漢に襲われた女性を救おうとして刺殺されている。棟居とは、こうした怨念《おんねん》をバネに犯罪者を執拗《しつよう》に追いかける刑事なのである。

では、本書の中味を覗《のぞ》いてみよう。「人間の海」ともいうべき大都会・東京の夜の闇と雨が二重に塗り込めるなかで、その刺殺事件は起った。被害者の女性を病院まで運んだ若い女は、氏名を告げずに姿を消した。

一方、大手デパートの重役からドロップアウトした大道易者の松江が商売をしている最中、若い女が助けを求めてきた。気品のある面立ちに、上等な服装をしているその娘は、「今晩一晩でけっこうですから、おじさまの家にかくまってください。私、追っ手に捕まったら殺されてしまいます」と必死に訴えてきた。

松江は仕方なく、警察にも行きたがらない彼女を自分のアパートに連れて帰ることにした。翌朝、松江が、かおりと名乗ったその娘に問いただすと、一大企業グループ山上グループの社長令嬢だという。その山上社長に懇願されて、かおりを預かることになった松江だが、その後奇妙な事件に巻き込まれることになっていく。かおりを襲う魔手は、被害妄想の産物か、それとも本物なのか……。

松江が住むおんぼろアパート、梁山荘の風変わりな同居人たち（元プロレスラー、元大学教授、元刑事、AV女優）と深窓の令嬢かおりとの交流が、本書の読み所の一つでもあろう。梁山荘そのものが、「人間の海」の港であり、そこで繰り広げられる人間ドラマは、本書のエキスでもある。

一方、棟居刑事は刺殺事件の被害者の身元を割り出していた。銀座の夜の店で働くホステスの入江牧子であった。だが、その後の捜査は難航した。錯綜《さくそう》する事件は、思わぬ展開を見せ始める。山上かおりが襲撃された事件と入江牧子殺しとは、果たして関連があるのか？　あるとすれば、どのような形で繋《つな》がるのか？　棟居刑事の推理を堪能《たんのう》していただきたい。

そして、作者がタイトルの「人間の海」に込めたメッセージとは何か、そのあたりもぜひ読み取って欲しいものである。

本作品は二〇〇〇年十月に実業之日本社より
ジョイ・ノベルスとして刊行されました。

棟居《むねすえ》刑事《けいじ》の「人間《にんげん》の海《うみ》」

森村誠一《もりむらせいいち》

平成15年 10月25日　初版発行
令和6年 5月25日　9版発行

発行者●山下直久

発行●株式会社KADOKAWA
〒102-8177　東京都千代田区富士見2-13-3
電話　0570-002-301（ナビダイヤル）

角川文庫 13120

印刷所●株式会社KADOKAWA
製本所●株式会社KADOKAWA

表紙画●和田三造

●お問い合わせ
https://www.kadokawa.co.jp/（「お問い合わせ」へお進みください）
※内容によっては、お答えできない場合があります。
※サポートは日本国内のみとさせていただきます。
※Japanese text only

ISBN978-4-04-175358-3　C0193

◆◆◇

角川文庫発刊に際して

角川源義

第二次世界大戦の敗北は、軍事力の敗北であった以上に、私たちの若い文化力の敗退であった。私たちの文化が戦争に対して如何に無力であり、単なるあだ花に過ぎなかったかを、私たちは身を以て体験し痛感した。西洋近代文化の摂取にとって、明治以後八十年の歳月は決して短かすぎたとは言えない。にもかかわらず、近代文化の伝統を確立し、自由な批判と柔軟な良識に富む文化層として自らを形成することに私たちは失敗して来た。そしてこれは、各層への文化の普及滲透を任務とする出版人の責任でもあった。

一九四五年以来、私たちは再び振出しに戻り、第一歩から踏み出すことを余儀なくされた。これは大きな不幸ではあるが、反面、これまでの混沌・未熟・歪曲の中にあった我が国の文化に秩序と確たる基礎を齎らすためには絶好の機会でもある。角川書店は、このような祖国の文化的危機にあたり、微力をも顧みず再建の礎石たるべき抱負と決意とをもって出発したが、ここに創立以来の念願を果すべく角川文庫を発刊する。これまで刊行されたあらゆる全集叢書文庫類の長所と短所とを検討し、古今東西の不朽の典籍を、良心的編集のもとに、廉価に、そして書架にふさわしい美本として、多くのひとびとに提供しようとする。しかし私たちは徒らに百科全書的な知識のジレッタントを作ることを目的とせず、あくまで祖国の文化に秩序と再建への道を示し、この文庫を角川書店の栄ある事業として、今後永久に継続発展せしめ、学芸と教養との殿堂として大成せんことを期したい。多くの読書子の愛情ある忠言と支持とによって、この希望と抱負とを完遂せしめられんことを願う。

一九四九年五月三日